U0578373

凯尔特的薄暮

［爱尔兰］威廉·巴特勒·叶芝◎著

詹森◎译

北方联合出版传媒(集团)股份有限公司

万卷出版有限责任公司

ⓒ 威廉·巴特勒·叶芝 2024

图书在版编目（CIP）数据

凯尔特的薄暮 /（爱尔兰）威廉·巴特勒·叶芝著；
詹森译. — 沈阳：万卷出版有限责任公司，2024.1
ISBN 978-7-5470-6377-4

Ⅰ. ①凯… Ⅱ. ①威… ②詹… Ⅲ. ①散文集—爱尔
兰—现代 Ⅳ. ①I562.65

中国国家版本馆CIP数据核字（2023）第184739号

出 品 人：王维良
出版发行：北方联合出版传媒（集团）股份有限公司
　　　　　万卷出版有限责任公司
　　　　　（地址：沈阳市和平区十一纬路29号　邮编：110003）
印 刷 者：辽宁新华印务有限公司
经 销 者：全国新华书店
幅面尺寸：130mm × 203mm
字　　数：110千字
印　　张：6.25
出版时间：2024年1月第1版
印刷时间：2024年1月第1次印刷
责任编辑：张鸿艳
责任校对：张　莹
封面设计：仙　境
封面插画：羽　蒙
版式设计：马婧莎
ISBN 978-7-5470-6377-4
定　　价：38.00元
联系电话：024-23284090
传　　真：024-23284448

时光流逝

如同蜡烛成尘。

群山和丛林

亦有时尽，有时尽。

然而，天性似火的

和善的古老人群哪，

你们必将永世长存。

众仙出行

一群仙人涌出诺克纳雷山[1]，

越过克卢斯－娜－贝尔[2]的墓园。

考尔特[3]的红发如旗帜招展，

尼芙[4]呐喊着："走哇，一往无前，

抛弃心中终将破灭的梦幻。

---

[1] 位于爱尔兰西北部斯莱戈郡。（书中注释仅作者注做特别标示说明，译者注、编者注均不做标示说明。）

[2] 爱尔兰神话人物。参见后文《不知疲倦的仙人》作者注。

[3] 爱尔兰神话中的一名勇士。

[4] 爱尔兰神话中的一位女神。

晨风乍起，树叶回旋，

脸颊苍白，头发披散，

手臂挥动，嘴唇开启，

胸膛起伏，目光闪闪。

谁盯住这疾行的队伍看，

他的行为就会受到影响，

他的期待就会因而改变。"

一群仙人清早步履如飞，

哪里有这般举动如此奇观？

考尔特的红发如旗帜招展，

尼芙呐喊着："走哇，一往无前。"

关于本书

一

　　这个世界虽然破败粗陋，却也不乏美妙动人、意蕴丰富的事物。像所有的艺术家一样，我曾一心想以这些事物为素材，创造一片小小的天地，通过想象，为那些愿意顺着我所指的方向看去的同胞展现爱尔兰的一些面貌。于是，我准确如实地记录下诸多见闻，而且，除了解说性文字，绝无凭空设想之言。不管怎样，我都不曾刻意将自己与农人们的信念区分开来，而是听任笔下的男男女女、鬼魂神仙自由自在，各行其是，既不用我的观点对其表示异议，也不给予认同。人的见闻乃是生活之线，若由记忆的乱线团中仔细理出，只要愿意，就能用它们织成自己无比满意的信念之衣。跟别人一样，我也织出了自己的衣裳；不过我只打算用它取暖，所以倘若合身，我将十分满足。

希望和记忆有一个女儿，名叫艺术。她的住所建在天边，远离那个人们将衣袍挂到树杈上充当战旗的绝望荒野。哦，希望和记忆可爱的女儿，且来与我徜徉相伴，哪怕片刻。

W. B. 叶芝

1893 年

二

按照先前选收的做法，这一版添加了几篇。本想再添加一些，不过随着年岁增长，人逐渐务实，开始掂量生活，更看重果实而非花朵，而这么做大概不会导致多大损失。跟先前一样，在新添加的故事里，我全无杜撰，只是做了些解说；再就是偶尔含糊其词，多少给个别讲述者打打掩护，以免这些可怜人与魔鬼以及他心中天使的交易，或者类似的隐情，被邻人知晓。我不久就会出一本讲述仙人之国度的大部头的书，会尽量写得系统而博洽，以弥补这本小书之不足。

W. B. 叶芝

1902 年

Contents 目录

讲故事的人

　　这本书里的许多故事都是帕迪·弗林讲给我的。他是个眼睛明亮的小老头，住在巴利索代尔村①。他的小屋只有一个房间，四处漏风。而他总是说，这个村子是"全斯莱戈郡最祥和的地方"——意思是如同仙境。然而别人却认为，这里比不上德拉姆克利夫②和德拉马海尔③。我第一次见到他时，他正给自己烹煮蘑菇；第二次见到

————————————

　　① 爱尔兰西北部斯莱戈郡地名。

　　② 同上。

　　③ 同上。

他时，他在树篱下睡着了，脸上带着微笑。他的确总是快快乐乐的，可是我从他的眼中总能看出几分忧郁（他的眼睛从布满褶皱的眼窝中窥视外界时，跟兔子一样灵活）。这种忧郁简直是其眼中快意的一部分，是纯粹天性梦幻般的忧郁，所有动物都有。

其实，生活中有很多事情会败坏他的好心情，年老、古怪和耳聋为他带来了三重孤独，出门时还经常受到顽童们的骚扰。大概正因如此，他总是推崇欢乐和希望。比如，他喜欢讲科伦西尔①怎么激励母亲好让她开心的故事。这位圣徒问："母亲，今天觉得怎么样？"母亲答道："感觉挺差。"圣徒于是说："那祝你明天会更差。"第二天，科伦西尔又来了，母子的对话和前一天如出一辙。不过，到了第三天，母亲说："感觉好些了，感谢上帝。"圣徒便答道："那祝你明天更好些。"帕迪·弗林还喜欢讲上帝在末日审判时，奖励好人和以不熄的火焰惩罚罪人，脸上都挂着相同的微笑。他见过许多奇异的景象，使他或喜或悲。我问他见没见过仙人，得到的回答是："都让

_____

① 即圣科伦巴（521—597），爱尔兰著名传教士。

它们给烦透了。"我又问他见没见过报丧女妖班西①，他说："见过，就在河边，双手还拍打河水呢。"

帕迪·弗林所讲的这些，记载在我的一个笔记本上，转抄时只改了几个字。见到他不久，这个本子就几乎记满了传奇和谚语，都出于他之口。现在我看着这笔记本，便遗憾不已，因为最后几页只能永远空白下去。

帕迪·弗林去世了。我的一个朋友送给他一大瓶威士忌。他通常行事沉稳，但见到这么多酒，仍喜不自禁，开怀畅饮了几天，人就没了。由于年事已高，加上生活窘迫，他的身体已经虚弱不堪，哪里经受得住年轻时那般的纵情豪饮。他是讲故事的一把好手。跟一般讲古的人不同，他为了找到角色来充实故事，可谓穷尽天堂、地狱，寻遍炼狱、仙界和人世。他并非生活在狭隘的世界里，其博闻广见竟不逊于荷马本人。或许，盖尔人会借由他这样的人，重新找回古朴丰赡的想象力。文学不就是借助象征和事件来表达心境吗？为了表达各种

---

① 凯尔特神话中预知死亡的女性精灵，以恐怖的哭声预告死亡的来临。相传会以洗衣妇的形象出现在河边，清洗将死之人染满鲜血的衣物；一说其面目可怖，长着裸露的牙齿和红色的眼睛，只有一个鼻孔，长着青蛙一般的脚蹼。

心境，难道除了凋敝的人世，就不需要天堂、地狱、炼狱和仙界了吗？甚而，要由勇敢的人将天堂、地狱、炼狱和仙界合成一处，乃至把兽首安到人身上，将人的灵魂注入岩石中——难道不存在非如此便无从表达的心境吗？讲故事的人哪，让我们大胆向前，放纵想象，随心所欲地去猎异逐奇吧，无须恐惧。一切皆存在，一切皆真实，而人世不过是我们脚下的些许尘土而已。

信与不信

即使在西部的村庄里也有些怀疑论者。去年圣诞节，一个女人就告诉我，她既不信地狱也不信鬼魂。她认为，地狱无非是神父编造出来的东西，以使老百姓一心向善，上帝也不会允许鬼魂随意"出没人间"。"不过仙人是有的，"她补充道，"也有小矮妖、水马，还有堕落天使。"我遇到过一个男人，胳膊上文有一个莫霍克印第安人像，他所信奉的和不信奉的跟这个女人完全一样。不管怀疑什么，人们从不怀疑有仙人，因为，就像胳膊上有莫霍克印第安人像的男人对我说的，"它们的存在是理所当然的"。这种信念连官方都深信不疑。

大约三年前的一个晚上，在本布尔本山面海一侧，山坡下的格兰奇村，有个做女佣的小女孩突然失踪了。这一带顿时人心大乱，因为风传是仙人们带走的她。据说当时有个村民拼命拉住她，双方争夺了很久，终归还是仙人占了上风，村民发现手里只剩了一把长柄扫帚。人们向地方治安官报案，治安官当即实行逐户搜查，同时建议村上的人到小女孩消失的那片田野上去，把所有的豚草都烧掉，因为豚草被仙人奉为圣物。村民们烧了整整一夜，治安官则反复地念着咒语。故事里说，早上小女孩被找到了，她正在田野里游荡呢。她说，仙人们骑着一匹仙马，带她去了很远的地方。最后她看到一条大河，那个极力阻止她被掳走的村民，正被一只鸟蛤壳载着顺流而下——仙人的法力就是这么莫名其妙。一路上，带走她的仙人们提到了村上好几个濒死者的名字。

也许治安官是对的。毫无疑问，我们最好是既相信少许的真实，也相信大量非理性的事，而不是一味地对真实和非理性通通否定。因为这样做时，我们没有引路的烛火，甚至连前方沼泽上飘动开道的零星鬼火都看不到，我们只能摸索着走进游荡着千奇百怪鬼魂的茫茫旷野。其实说到底，我们倘若在壁炉里和灵魂中多少保留些火焰，张开双臂欢迎任何非同寻常者前来取暖，无论对方是凡人还是幽灵，哪怕真是鬼魂也不会声色俱厉地对其呵斥"滚开"，我们难道就会因此遭遇巨大的不幸吗？到头来，我们未必不会知晓，自己所相信的非理性可能比他人所相信的真实更胜一筹吧？因为这种非理性已经在我们的壁炉和灵魂中给焐暖了，只待真实之野蜂筑巢其中，并酿就甘甜之蜜。野蜂，野蜂，请再度光临我们的世界吧！

凡人相助

在古代诗歌里，人们会读到凡人被带去协助诸神作战的故事，比如库丘林帮助女神芳德的妹妹和妹夫推翻神赐之地的另一个族群，从而一度赢得女神的芳心。[①]我也听说，除非有凡人在一方相助，否则仙人们连曲棍球都玩不成。像讲故事的人所说的那样，这个凡人的身

[①] 库丘林和芳德为凯尔特神话传说中的人物。前者为具有神力的勇士，后者为海神玛纳南的妻子。凡人与神人深深相爱，却因库丘林已有妻子，芳德不得不离开他。海神展开斗篷（指大海）隔在库丘林与芳德之间，使他们失去了对彼此的记忆，且永不得见面。

体，或曰躯壳、形骸，是睡在家里的。没有凡人的帮助，仙人们就徒具仙气，甚至没办法击球。一天，在戈尔韦，我和一个朋友路过一处湿地，看到一个面容沉抑的老人在挖沟。朋友听说这人目睹过一个离奇的场面，我们就好言好语，到底劝他讲出了那段旧事。老人说，在他还是个孩子的时候，有一天，他们三十来个人，男女老少都有，在一起干活。地点在图瓦姆那边，离诺克－纳－格不远。没过一会儿，他们所有人都看到，大约半英里开外，有差不多一百五十个仙人。他说，其中的两个穿着当时人们穿的深色衣服，相距一百码左右；其余的衣着则五颜六色，带有支架形或格子状的花纹，有些身着红马甲。

他看不清他们在干什么，不过觉得他们大概是在玩曲棍球，因为"看起来是那么回事"。老人几乎可以赌咒发誓地说，他们会时而消失，随后，又从那两个穿深色衣服的人的身体里冒出来。那两人的身材与常人无异，其他的则要矮小很多。他观看了约莫半个钟头，这时雇他们干活的老头拎起鞭子吆喝道："干活，干活，不然就干不完啦！"

我问他，那老头是不是也看到仙人了。"哦，看到啦，但是他可不想白白付工钱。"老头催命似的逼着大伙干活，结果谁都没注意到仙人们后来怎么样了。

1902 年

幻视者

一天晚上，有个年轻人上门来看我。他侃侃而谈，话题从开天辟地起始，五花八门。我询问了他生活和工作的状况。我们上次会面后，他写了很多诗，画了很多神秘的画；不过近来是不写不画了，因为专心于调养精神，以使之坚定、充沛和沉静，而他担心艺术家的情绪化生活对自己不利。不过，他背诵自己的诗作仍张口就来。他都默记在心里，有些也确实从没写下来过。它们具有宛如风过苇丛的天然韵律[①]，在我看来正是凯尔特人悲凉的心声，表达了凯尔特人对世间未曾见过的无限事物的强烈渴望。突然，我发觉他正激动地凝视着周围。"你看见什么了吗，X 先生？"我问。"一个闪闪发光、长着翅膀的女人，身披长发，站在门口。"他回答道，或者说了类似的话。"是不是哪个活着的人的感应？这人想到了我们，意念就以那种象征的形式展现在我们面前了？"我问道，因为我熟知幻视者的行事方式和他们的说话习惯。"不是。"他答道，"假如是个活人的意念，我的身体就会感受到鲜活的影响力，我会心跳加速，喘不过气来。所以那是个死了的人，或者从未活过。"

我问他在做什么，得知他是一家大商店的营业员。不过，他喜欢做的事是游走于山间，跟带几分疯癫、满脑子幻觉的农民聊天，或者说服行为异常、良心不安的人，向他倾诉内心的烦恼。一天晚上，在他的住处，我见到不止一个人前来谈论自己的信仰和怀疑，向他袒露

---

① 很久以前我写下了这句话。这种悲凉，如今在我看来，是一切传承了全天下古人情感的民族所固有的。我不再像以前那样，一味关注种族的神秘性，而是原样保留了这句话和另一些类似的词句。我们曾经相信它们，也许至今也没有变得明智多少。——作者注

自己的想法，犹如沐浴在他心智的精微光辉里。有时，在同他们交谈之际，他会见到幻象。传说他曾对各种各样的人讲述他们过去经历过的事情，以及他们远方的朋友的事情，使他们在这位奇异的导师面前因敬畏而不发一语。他看起来似乎尚未成年，却比他们之中最年长者睿智得多。

他给我背诵的诗作富于个性，充满幻想。诗中有时讲到前世，他认为自己在另一些世纪度过的生活，有时讲到晤谈过的人，为这些人揭开了他们的内心世界。我对他说，想写篇文章记述其人其事；他说悉听尊便，只要别提他的名字，因为他愿意永远"不为人知，寂寂无名，超然物外"。第二天，我收到一包诗稿，附有一张字条："奉上你表示欣赏的一些诗作。我想我再也不会写诗作画了。今后，我准备投身于另一种人生的轮回之中。我要让自己拥有结实的根和枝干，现在还不是我生叶开花的时候。"

这些诗都着力以朦胧的意象结成的网来捕捉某种高邈虚无的情境。所有作品都不乏精彩的段落，不过它们往往处于种种思绪中。这些所思所想，在他心目中显然具有特别的价值，而在别人眼里相当于无名的铸币。在他们看来，这些见解至多也就是铜子儿或旧银币。还有一些时候，思维之美被他粗疏的文笔掩盖了，仿佛他突然动摇，怀疑写作是一种愚蠢的劳作。他经常给诗作配插图。画中的人物比例不尽精确，但完全无碍于传达极致的美感。他所相信的仙人们成为他许多诗作的主题，尤其是埃尔西杜恩的托马斯[1]，安坐黄昏，有个年轻貌美的仙子从暗处探出身子，温柔地倚着他附耳低语。他格外欣赏强烈的色彩效果：满脑袋孔雀羽毛而非头发的精灵们；一个从火焰旋涡中飞向星星的幽灵；一个精灵飘过，手中的虹彩水晶球——灵魂的象征——隐约可见。而色彩的这种丰富呈现背后，总是对人的脆弱希望多少有所指点。如此热切的精神追求，吸引了许多同样寻求启示或哀悼既往欢乐的人。这些人里有一位令人印象深刻。

一两年前的冬天，他曾半夜在山里徘徊，找一个老农民攀谈。这个老农民跟一般人不说话，对他却格外热情。两人都很失意：X是由于当时刚开始发现美术和诗歌不适合自己，而老农民则是由于来日无多、一

---

[1]　13世纪苏格兰著名民谣诗人，预言大师。

事无成，又希望渺茫。两人都是多么典型的凯尔特人啊，都在竭力追寻无法以言行充分表达的事物。老农民的心中涌动着绵长的悲伤。他时而突然嚷道"上帝掌控天界—— 上帝掌控大界——可他却不放过人间"；时而哀叹老邻居陆续逝去，哀叹众人都忘记了自己：以往家家都惯于在炉火前为他放一把椅子，现在他们却问"那个老家伙是谁"。"烦恼（爱尔兰语：厄运）笼罩着我"，他不停念叨，接着又讲起上帝和天堂。他也不止一次地朝大山挥动手臂说："只有我自己知道，四十年前那棵山楂树下发生了什么事。"说这话的时候，他脸上的泪水在月光下闪亮。

我想起 X 的时候，这个老人的形象也总是浮现在眼前。两人都寻求表达某种难以言喻的东西，一个使用漫无边际的语句，一个借以具有象征意味的画面和微妙蕴藉的诗作；如果 X 不介意的话，我想说：两人都具有凯尔特人内心深处恣肆汪洋的狂放。现今的农民幻视者如此，先前殊死争斗的地主如此，传说中所有的风云人物亦如此——大战海洋整整两天，直到被巨浪吞没身亡的库丘林；横扫诸神宫殿的考尔特；徒劳三百年，欲以仙界全部快乐满足一己贪心的奥辛[①]；加上这两个往来山间、用近乎梦呓的语句讲述其灵魂深处梦想的神秘主义者，以及觉得他们如此有趣的我本人，这一切都属于千变万化的凯尔特幻境，始终无人揭示，也未有哪个天使阐明它的意义。

---

① 爱尔兰神话传说中的勇士。他被金发女神带到青春与快乐永驻之境，生活了三百年。回到凡间的家乡时，由于帮众人移开巨石，从马上落下，脚踏上地面后，瞬间衰老死去。

村庄鬼魂

　　在大城市里我们的眼界如此狭隘，逐渐缩进自己的小圈子里，而在小镇和村庄中却不存在小圈子，人不够多。你必能目睹个中天地，此乃事所必然。每人自己就是一个阶层，每个时刻都带来新的挑战。走过村头的小酒馆时，你会把扬扬自得的奇思妙想留在身后，因为你再碰不上能分享的人。我们倾听雄辩的演讲，读书，写书，处理世上所有的事务，寡言少语的村民则一成不变地生活着，不管我们说什么，对他们来说，铲子握在手中的感觉从未改变，或好或坏的季节依旧交替出现。木讷的村民漠视我们，恰似村中畜栏生锈的门后向外凝望的老马。古代绘图者对未勘探地区注明："此地有狮子出没。"打鱼的和种地的跟我们截然不同，对他们的村庄，我们只能确信无疑地写下一句："此地有鬼魂出没。"

我所说的鬼魂住在伦斯特省的 H 村。这个古老的村庄为史册所不载，村中的街巷弯弯曲曲，老修道院的院落里荒草丛生，村子后面小冷杉树一片葱翠，码头停泊着几条渔船。不过，这村庄在昆虫学编年史上倒很有名气。因为在稍为偏西的地方有个小海湾，如果连续几个夜晚观察，就会在夜阑或天明之际，看到一种罕见的蛾子，沿着潮汐边缘翻飞。一百年前，它被运载丝绸和蕾丝的走私船从意大利带到了这里。捕蛾者要是扔掉虫网，转而去搜集鬼魂奇谈、仙人传说和莉莉丝①的孩子之类的故事，就不需要费那么大的耐心了。

胆小的人想在夜间走近这个村庄不免要大费周章。据说有人叫苦道："上帝呀！我该怎么走？要是路过邓博伊山，老船长伯尼可能迎着我。要是沿河边拐过去，然后登上台阶，就会碰见一个无头鬼，而另一个会待在码

---

① 欧洲神话传说中，诱惑人类和扼杀婴儿的女妖。

头上，老教堂墙根下还有个新来的。要是换成绕另一条路走，斯图尔特太太会在山坡大门现身，而且诊所小道上还待着魔鬼本人呢。"

他到底横下心冲哪个精怪去的不得而知，但肯定不是诊所小道上的那个。霍乱时期，那里搭起过一个棚子收容病人，疫情后就拆掉了。然而从那以后，棚子旧址便冒出了种种鬼魂、妖魔和仙人。H村有个农民，名叫帕迪·贝某某，膂力过人，滴酒不沾。他的妻子和妻妹每想到他的一身蛮力，就常常好奇，他要是喝了酒会干出什么事。有天晚上，他走过诊所小道时，看到个东西。一开始以为是只温驯的兔子，过会儿看清了是只白猫。他越走越近，那东西也一点点膨胀起来，它胀得越来越大，他感到自己的力气也在变得越来越小，就好像被那东西吸走了一样。于是他掉头就跑。

跟诊所小道并行的是仙人路。每天晚上，仙人们都出来漫步，从山上走到海边，从海边走到山上。路靠海的一头有座农舍。一天晚上，住在这里的阿布纳西太太打开了门，等着儿子回家。她丈夫在炉火旁打瞌睡。一个高大的男人不请自入，坐到她丈夫身边。男人坐了一会儿之后，农妇才问："看在上帝分儿上，你是谁呀？"

男人一边起身往外走，一边说："千万别在这个时候敞开门，不然魔鬼会来找你的。"她叫醒丈夫，跟他说了发生的事。"一个好人来咱们家了啊。"他说。

　　先前提到的那个人，大概是奔着山坡大门的斯图尔特太太去了。她生前是一位新教神父的妻子。"她的鬼魂从没伤害过任何人，"村民们说，"它只是在人间赎罪。"在离她待的山坡大门不远的地方，有一阵出现了一个更为显眼的魂灵。它的出没之处叫博吉恩，是条从村子西端延伸出来的遍生杂草的小道。我且详细引述下它的史实：一场典型的乡村悲剧。在村子尽头的一所房子里，住着房屋油漆匠吉姆·蒙哥马利和他的妻子。他们育有几个孩子。他有点少爷习气，出身比邻人们高贵了些。他的妻子体型魁梧。一天，蒙哥马利由于酗酒而被村里的唱诗班开除，他就打了妻子一顿。妻妹闻讯赶来，摘下一扇百叶窗——蒙哥马利事事讲究，窗户外面都安装了百叶窗——抡起来揍了他，因为她跟姐姐一样高大健壮。他威胁说要告发她，她回嘴道，他要是这么干，就把他身上每一根骨头都打断。她因为姐姐竟然听任自己被这么一个小个子男人殴打，再也不跟姐姐说话了。吉姆·蒙哥马利的日子过得每况愈下，妻子很快就上顿不接下顿了。她谁都没告诉，因为自尊心太强。而且，寒夜里，她常常生不起火。每逢邻人进屋，她都会说是因为正要上床睡觉，就把炉火熄灭了。邻居们经常听到她丈夫殴打她，但她从不对任何人讲。她变得愈加瘦弱。终于，一个星期六，她和孩子们在家里一点食物也没有了。她再也捱不下去了，就去找神父借钱。神父给了她三十先令。她丈夫截住她，抢走了钱还打了她。到了星期一，她已经奄奄一息，便让人去叫凯利太太。凯利太太一见到她就惊叫道："天哪，你快不行了。"她马上派人去请来神父和医生。蒙哥马利太太没到一小时就死了。她去世之后，她丈夫根本不管孩子，地主就把他们送进了救济院。孩子们走后，过了几天，凯利太太晚上回家，经过博吉恩时，蒙哥马利太太的鬼魂突然现身并尾随着她，直至她到家才离去。凯利太太把这事告诉了 S 神父，他是一位有名的古文物学者，怎么也无法相信她说的话。又过了几天，凯利太太在同一个地方又遇到这个鬼魂。她大为惊恐，无法走完全程，中途在一个邻人的房前停下，请求他们让她进门。邻人回答说他们要睡了。她喊起来："看在上帝分儿上放我进去，不然我就撞开大门啦。"邻人开了门，她这才摆脱了鬼魂。第二天她又告诉了神父。神父这回相信了，告诉她除非她跟鬼魂说话，否则鬼魂会一直穷追不舍。

凯利太太在博吉恩第三次遇到这个鬼魂时，问道，是什么事让它不得安宁。鬼魂说，必须把它的孩子们带出救济院，因为它的亲戚都没在那里待过，而且要做三次弥撒，它的灵魂才能安息。"要是我丈夫不相信你，"它说，"给他看看这个。"接着用三根手指碰了碰凯利太太的手腕。触碰之处顿时肿起来变得紫黑。鬼魂随即消失了。蒙哥马利一时难以相信他的妻子显了形。"她不会对凯利太太现出本相的，"他说，"她只会对尊贵的人现身。"然而，看到三道痕迹，他信服了，也把孩子们带出了救济院。神父做了弥撒，鬼魂想必也得以安息，因为从那以后它再也不曾现过身。又过了些日子，由于酗酒而穷困潦倒的吉姆·蒙哥马利，死在了救济院里。

我认识一些人，他们相信自己在码头上看见过无头鬼；还有一个人，晚上路过老墓地墙外时，看到一个戴着白边帽子①的女人爬出来跟着他，直到他家门前才离

---

① 我不明白她的帽子为什么镶有白边。给我讲过很多故事的梅奥老妇人告诉我，她丈夫的弟弟看到过"一个帽子带白边的女人在牧场上绕着草垛走来走去，随后不久他就受伤了，没到六个月就死了"。——作者注

去。村民们认为，幽灵跟着他是出于报复。"我就是变成鬼也要缠着你"是人们常挂在嘴上的一句诅咒。这个人的妻子有一次遇上了一个她认为化身为狗的魔鬼，被吓得半死。

上面记述的都是些户外的野鬼。精灵一族中，更恋家的则聚居室内，数量之多有如向阳屋檐下的燕子。

一天晚上，住在弗拉迪巷的诺兰太太正在照料奄奄一息的孩子。突然，响起了一阵敲门声。她害怕来者并非人类，所以没去开门。敲击声停止了。过了一会儿，前门和后门猛地被撞开，随即又关上了。她丈夫就过去看是怎么回事。他发现两扇门都是闩上的。孩子已经死了。门又跟刚才一样，开了又关上。这时诺兰太太想起来，按照习俗，她本应把窗户或门打开，好让灵魂离开。这些奇怪的开门、关门和敲门声，就是照料垂死者的精灵们所给予的警告与提醒。

家鬼通常是无害、善意的东西。人们尽其可能与之相处。它会给那些同住的人带来好运。我记得有两个孩子，他们跟母亲、姐姐和哥哥夜里都睡在一个小房间里。房间里还住着一个鬼魂。两个孩子在都柏林的街上卖鲱鱼，对鬼魂并不怎么在意，因为他们知道，睡在"闹鬼"

的房间里，鱼总是会卖得很快。

我跟西部村子中几个见过鬼魂的村民相熟。康诺特地区的故事和伦斯特地区的大不相同。H村的精灵态度阴郁，做派古板。它们出来宣布死亡，履行义务，展开报复，甚至支付账单——就像渔夫女儿先前所做的那样——随后立即销声匿迹。它们行事体面，有条不紊。只有魔鬼才把自己变成白猫或黑狗，鬼魂则不然。讲这些故事的人都是些贫穷、严谨的渔民，他们在鬼魂的所作所为中发现了恐惧的魅力。西部村子的故事带有一种异常的优雅、一种奇特的放纵。讲述它们的人住在景色原始而美丽的地方，那里的天空永远布满变幻莫测的浮云。他们都是农民和劳工，有时也捕一捕鱼。他们不太惧怕精灵，能够从它们的行为中感受到一种艺术和幽默的乐趣。鬼魂们分享着自己古怪的乐趣。在西部的一个城镇，废弃的码头上荒草丛生。那里的幽灵活力极为旺盛。我听说，有个异教徒竟敢在鬼屋里睡觉，鬼魂们就把他扔出了窗外，跟着床也被扔了出去。在附近的村庄里，鬼魂们采用了最奇怪的化身。一位故去的老绅士变成一只大野兔，偷了自家园子里的卷心菜。一个坏蛋船长在一座农舍的墙里待了若干年，化为一只沙锥鸟，不断发出极其难听的声音，直到拆墙时才被赶跑。只见这只沙锥鸟从坚硬的泥墙中钻了出来，尖厉地大叫着逃之夭夭。

"尘土合上了海伦的眼睛" [①]

一

    不久前，我去了戈尔韦郡基尔塔坦男爵领地的一处居民点。那里没有多少房舍，简直称不上村庄。不过，它的大名——巴利里，在爱尔兰整个西部可是尽人皆知。巴利里其实是当地一座古老的方形城堡 [②]，里面住着一个农民和他的妻子。近旁一所农舍住着他们的女儿和女婿。

[①] 出自英国作家托马斯·纳什（1567—1601）的作品《瘟疫时期的连祷》。

[②] 1916 年至 1917 年，叶芝购下这座建于 13—14 世纪的城堡主楼，并将其改名为 Thoor Ballylee，作为新婚礼物送给了妻子。

那里还有一间小磨坊，住着一个老磨坊主。古老的白蜡树在一条小河和宽大的石阶上投下绿荫。去年我到过那里两三次，跟磨坊主谈论比迪·厄尔利的事，她是一个女巫，前些年在克莱尔住过。我还和磨坊主讨论了比迪说的话，"在巴利里的两个水车轮子之间，有一种驱邪的万应灵药"。我想从他或者其他人那里弄清，比迪所指的是流水间的苔藓，还是别的什么药草。我今年夏天已经去过那里了，还打算在秋季之前再去一次，缘由为六十年前，一个叫玛丽·海因斯的美丽女人就是在那里去世的。她的名字至今在炉火边的闲谈中仍为人们所津津乐道。因为我们总会在美人悲伤生活过的地方徘徊，从而使我们认识到这种美不属于尘世。

一位老人带领着我，从磨坊和城堡走出去没多远，就下到一条长长的窄路上，路面几乎消失在了黑莓和黑刺李丛中。他说："那就是她的小房子的老地基，不过大部分都被人拆去垒墙了。上面生长的那些灌木也被山羊啃咬，变得奇形怪状，再也长不高了。人们说她是爱尔兰最漂亮的姑娘。她的皮肤就像落雪。"——他指的可能是吹起的积雪——"她的脸蛋红扑扑的。她有五个英俊的兄弟，不过他们现在都去世了！"我对老人提起一首关于她的爱尔兰诗歌，是著名诗人拉夫特里的作品。诗句写道："在巴利里有个好酒窖。"老人说，所谓好酒窖就是个大洞，河水从中流进地下。他把我带到一个深池边，有只水獭闻声而起，蹿到了一块灰色的大石头下。老人告诉我，一大早有很多鱼从幽暗的水中浮出，"来喝山上流下的清泉"。

我是从一个老妇人那里第一次听到这首诗的，她住在河上游约两英里的地方。她记得拉夫特里和玛丽·海因斯。她说："我从没见过像她那么漂亮的人，到死也不会见到了。"她还说拉夫特里近于失明，"没有谋生手段，只能四处游走，标记下一个要去的地方，然后四邻都会聚集过来听他诵诗。你尊敬他，他就赞扬你；而你要是不待见他，他就会用爱尔兰语对你说三道四。他是爱尔兰最了不起的诗人，如果他碰巧站在灌木丛下，便能就着这树丛创作一首诗歌。他曾在一处灌木丛下避雨，就作了诗赞美它；随后雨水漏了下来，他又作诗指责它"。老妇人用爱尔兰语为一个朋友和我唱起了这首诗，字字清晰，表现力强。在我看来，它有如旧日的歌词，音乐随歌词力量的流动和变化而相应地流动和变化，不像如今，音乐过于自负而不满足于充任歌词的外衣。这首诗并不像上个世纪①爱尔兰最优秀的诗歌那么清新自然，因为诗思的表达形式过于传统，以致这位可怜的、半盲的老诗人的口吻，像一个把最好的一切献给所爱的女人的富有的农夫。不过诗中仍不乏天真而温柔的句子。与我同去的友人翻译了一部分，还有一部分则为当地农人所译。我认为，跟大多数的译文相比，这个文本更能体现爱尔兰诗歌的质朴特点。

> 按上帝的旨意去做弥撒，
> 顾不得雨在下，风在刮。
> 在基尔塔坦路口遇见玛丽，
> 一下子我就爱上了她。

> 我的言谈温和而得体，
> 跟她一样的亲切有礼。
> 她说："拉夫特里，我很随和，
> 请你今天就去巴利里。"

---

① 指 19 世纪。

得到这邀请我没迟疑，
听到她说话我心欢喜。
我们只需穿过三片田野，
天没黑就来到了巴利里。

桌上是酒杯和一夸脱酒，
金发的她坐一旁微微笑：
"喝吧，拉夫特里，非常欢迎，
在巴利里有个好酒窖。"

啊明亮的星星、秋收时的太阳，
啊金色的头发，啊我的小天地。
你愿不愿星期天来跟我约会，
直到我们当众宣布结为夫妻？

约会之夜我都会为你唱支歌，
喝潘趣酒还是葡萄酒随你意。
而荣耀的王啊，请晒干前方的路，
好让我顺利地到达巴利里。

当你从山上俯瞰巴利里，

山坡洋溢着香甜的气息；

当你在山谷中漫步采摘，

耳边是鸟儿和仙人的乐曲。

没见过身边枝头这朵花

有什么算得上非同寻常？

神灵也不能无视或隐藏它，

她是使我的心受伤的太阳。

我走遍爱尔兰全国各地，

从河流到群山之巅，

直到入口隐秘的格雷恩湖畔，

从没见过比得上她的美女。

她金发闪亮，双眉流光，

脸庞端庄妩媚，嘴唇喜悦甜美。

她令人骄傲，我赠其枝条，

她是巴利里的闪耀之花。

　　　　　这就是玛丽，平静温和的女子，

　　　　　心灵和外表一样美好可爱。

　　　　　就算是一百个文人会集到一起，

　　　　　也描摹不出她一半的丰采。

　　有个据说其儿子晚上会和仙人们待在一起的老织工对我说："玛丽·海因斯是从古到今最美丽的人。我母亲常跟我提起她，因为每场曲棍球赛她都会去参加，走到哪里都穿一身白衣。有一天，有十一个男人向她求婚，她连一个都看不上。一天晚上，许多男人聚到基尔伯坎地，坐在一起边喝酒，边谈论着玛丽。其中一个人站起身要到巴利里去看她。而科隆沼泽正张着大嘴，他走到沼泽时就掉了进去。第二天早上，人们发现他死在了那里。大饥荒前，玛丽就患热病死了。"

　　另一个老人说，他见到玛丽·海因斯时还是个孩子，不过他记得"我们之中最强壮的男人，一个叫约翰·马登的，因她而送了命。他在夜里过河去巴利里，结果着了凉"。这或许就是老织工所记得的那个人，因为传说的同一件事往往会有多种版本。还有一个记得玛丽的老妇人，住在埃奇格山间的德里布莱恩，那是个广袤而荒凉的地方，自古以来几乎没有什么变化。古诗里这样写道："在埃奇格寒冷的山顶，牡鹿听见群狼的嚎叫。"不过，对于许多诗作和古语的典雅，老妇人依然念念不忘。她说："日月从未照临这般美好的人。她的皮肤白皙到泛出蛋青色，她的双颊带着两小片红晕。"还有个满脸皱纹的老妇人，住在巴利里附近，她给我讲了许多仙人故事。她说："我经常看见玛丽·海因斯，她是真的漂亮。她的两绺鬈发垂在脸颊边，是银色的。我见过在那边河里淹死的玛丽·莫洛伊，也见过阿德拉罕的玛丽·格思里，但是她们两人都比不上海因斯，她是个非常清秀的人。我也为她守过灵——她已经看透了这个世界。她为人和善。有一天，我回家时穿过那边的田地，累得不行。跑出来帮助我的就是那朵耀眼的花，她给了我一杯新鲜牛奶。"这个老妇人所说的银色，指的是一种美丽明亮的色彩。我认识的一个老头——如今已经不在人世了——就认为，这老妇人也许像仙人那样，了解"驱除世上一切邪恶的良药"，但是她难得一见金子，也就无从了解它的色彩。住在金瓦拉海边的一个男人，因年纪过轻而不记得玛丽·海因斯，则对我讲："人人都说再也见不到这么标致的人了。据说她有一头金色的秀发。她虽然贫穷，但每天穿的衣服都跟礼拜天的一样整洁。她就是这么干净体面。而无论她参加哪种聚会，人们都会为了看她一眼而争得你死我活。很多人都爱慕她，可她年纪轻轻就死了。据说，但凡被歌谣咏唱的人没一个命长。"

人们认为，那些大受推崇的人会被仙人带走，仙人们会出于自己的目的而利用人们放纵的情感。所以，像一个老草药师告诉过我的那样，有的父亲可能会把孩子交到仙人手中，还有的丈夫可能会交出妻子。那些备受赞美和热爱的人，需要崇拜者在看到他们的时候说上帝保佑他们，才能平安无事。那个唱歌谣的老妇人也认为玛丽·海因斯是被掳走的。她是这么说的："既然它们把那么多不漂亮人的都掳走了，又怎么会放过她呢？人们从四面八方来看她，其中可能有些人并没有说'上帝保佑她'。"一个住在杜拉斯海边的老人，也相信她是被掳走的，"因为有些仍在世的人，还能记得她出远门参加圣人节[1]的事，大家说她是爱尔兰最漂亮的姑娘"。她年纪轻轻就死了，是因为神明爱她，而仙人就是神明，而且也许那句我们忽略了字面意思的老话[2]，早就暗示了她将

---

① 为纪念某位圣人而设的节日。——作者注

② 英语谚语：神所爱者必早夭。

如何死去。这些贫穷的乡村男女，在信仰上，在情感上，远比我们的饱学之士要更接近古老的希腊世界，将美置于万物之泉的一侧。她"已经看透了这个世界"，然而这些年长的男女讲起她来，都责备别人而不是她。他们的心肠或许坚硬，但对她就柔软起来，犹如特洛伊的老者们见到海伦在城墙上走过，心就变软了一样。

助玛丽·海因斯芳名远播的这位诗人，本身在爱尔兰西部也声名斐然。有些人认为拉夫特里是半盲的，他们会说"我见过拉夫特里，视力很差，不过看清她还是没问题的"之类的话，不过有些人认为他是全盲的，他临终时可能就是这样的状态。传说女神总是使万物各得其所，她认为是盲人的人就必然看不见世界和太阳。一天，我在寻找一个据说有仙女出没的水塘时，遇到一个男人。我问他，拉夫特里要是完全失明，怎么可能如此热烈地赞美玛丽·海因斯？他说："我认为拉夫特里是完全失明的。不过盲人自有看东西的办法。跟正常看得见的人相比，他们知道得更多，感受得更多，也能做得更多，猜到更多。上天赋予他们特定的才能和智慧。"的确，人人都会说拉夫特里聪明过人，是因为他既是盲人又是诗人吗？前面提到的那个谈论玛丽·海因斯的老织工说："他的诗歌是全能上帝的恩赐。全能上帝的恩赐有三件——诗歌、舞蹈和道义。这就是为什么古时的蒙昧山民，会比现在所见的受过教育之人的举止更为得体，所知更胜一筹，因为他们的才智来自上帝。"一个住在库勒的男人说："他把手指放到头上一个地方时，就会事事涌进脑海，就像全都写进书里一样。"基尔塔坦的一个老人说："有一次，他站在一丛灌木下跟它说话，而灌木用爱尔兰语回答他。有人认为，说话的是灌木不假，不过里面必定有个被施了魔法的声音，它教给灌木天地万物的知识。这丛灌木后来枯死了，如今可以在从这里到拉赫西恩的路边看到它。"拉夫特里有首咏灌木的诗，我一直没读到；它可能是由传说的熔炉改造而来的。

人们说，拉夫特里死的时候孤零零的，不过，我有个朋友遇见过诗人去世时身边的陪伴者。一个叫莫蒂恩·吉兰的人告诉海德博士，整整一夜，可见一束光从诗人所在房子的屋顶射向天空，"那是陪伴他的天使们"；整整一夜，小屋充满耀眼的光芒，"那是天使在为他守灵。它们给予他荣耀，因为他是如此优秀的诗人，吟唱过那么多的圣歌"。也许过不了几年，在熔炉中将必死化为不朽的传说女神，会把玛丽·海因斯和拉夫特里化为美之悲哀和梦想之富丽与贫瘠的完美象征。

1900 年

二

　　不久前，在北方的一个镇子，我跟一个小时候住在附近农村的男人有过一次长谈。他告诉我，当相貌出众的女孩出生于相貌平平的家庭时，人们就会认为她的美来自仙人，并会随之带来不幸。他提起几个他所知道的漂亮女孩的名字，还说美貌从没给任何人带来幸福。他说，美貌是一种令人既为之骄傲又为之恐惧的东西。可惜我当时没把他的话记录下来，它们比我回忆的内容生动多了。

1902 年

羊骑士

在本布尔本山和科普斯山的北部，住着一个"厉害的农夫"。若在盖尔时代，人们会称之为羊骑士。他的祖上是中世纪最善战的家族之一，为此他颇为自豪。他说话做事都很强横。咒骂起来，只有一个人能跟他旗鼓相当，而这人住在很远的山上。"上天的父哇，我造了什么孽要遭这报应？"他弄丢烟斗时会这么嚷嚷；赶集的时候，只有山上那人能够跟他讨价还价。他性格暴躁，举止粗鲁，生起气来就用左手乱扯自己的白胡子。

一天，我正在他家吃饭，女佣通报有位奥唐奈先生来访，老人和他的两个女儿顿时沉默不语。终于，大女儿语气有些严厉地对父亲说："去把他叫来一起吃吧。"老人出去了，随后回来，显得如释重负，说道："他说他不想跟我们一起吃饭。""你去，"女儿说，"把他带到后屋去，给他倒些威士忌。"她父亲刚吃完饭，沉着脸听从了。我听到后屋门在两人身后关上。那是间小屋，晚上两个女儿在那里做针线活。这时大女儿转向我说："奥唐奈先生是收税员，去年他提高了我们的税额，父亲非常生气，在他来的时候，把他带进牛奶场，支走女工，臭骂了他一顿。'我可要警告你，先生。'奥唐奈顶嘴说，'法律会保护它的官员。'而我父亲提醒他，说他没有证人。最后父亲骂累了，也后悔了，就说要给他指条近路回家。两人朝大道走去，半路遇上我父亲的一个雇工，正在耕地。不知怎么回事，这又勾起了父亲的一肚子怨气。他把雇工支走，又骂起收税员来。我听说这件事，真是厌恶极了。奥唐奈那么可怜的人，父亲还对他大吵大闹。几个星期前，我听说奥唐奈先生唯一的儿子死了，他伤心得要命，我就下了决心，等他再来时让父亲善待他。"

然后，她就去邻居家串门了，我则朝后屋走去。到门口时，听见里面气愤的说话声。两人显然又说起税额的事来，因为听得到他们你来我往地争论一些数字。我推开门。我的出现使农民想起了缓和的本意，他就问我知不知道威士忌放在哪里。我之前见过他把酒放进了橱柜里，就找了出来，并打量起收税员那消瘦悲苦的脸。他比我的朋友要苍老多了，既虚弱又憔悴，两人截然不同。他不像我的朋友那样健康强壮，志得意满，而是属于那种在世上无法立足之人。从他身上，我见到了耽于幻想的子女的痕迹，就说："您多半是古老的奥唐奈家族的后裔吧。我总听说河里有个洞穴，他们的宝藏就埋藏在那里，由一条多头巨蛇守护。""是的，先生，"他回答道，"我是家族的末代王公。"

接着我们聊起许多日常琐事。我的朋友一次都没揪胡子，而是表现得非常友好。最后，枯瘦苍老的收税员起身要走了。我的朋友说："希望明年我们一起喝上一杯。""不了，不了，"收税员回答道，"我活不到明年了。""我也失去过儿子。"农民以相当温和的语调说。"但你的儿子跟我的不一样。"两人随后告别，脸都气得通红，心中充满怨怼。要不是有我打岔，东拉西扯些家长里短，他们就可能并非就此分手，而是陷入恼怒的争论中，比较起谁死去的儿子更有价值。若非对所有耽于幻想的子女心怀同情，我本该让他们一争高下的，也会有大量精彩的咒骂可供记录。

那样的话，羊骑士想必会取胜，因为但凡尘世中人，就没有哪个能占他的上风。他只输过一次。故事是这样的：一次，他正跟几个农场雇工玩牌，地点是挨着大谷仓后身的一间小屋，有个邪恶女人曾居住于此。突然，一个打牌的人甩下一张 A，就无缘无故地骂起人来。他骂得特别难听，其余的人吓得全站了起来。我的朋友说："这里不对劲。他是鬼魂附身。"他们撒开腿没命地朝通往谷仓的门跑去。但木门闩怎么都拉不开。羊骑士就操起近旁靠墙戳着的一把锯子去锯门闩。门马上咣当一声敞开了，仿佛一直有人抵着一样。大家于是夺门而逃。

不了情

　　一天，我的一个朋友给我前面所说的羊骑士画素描像，老人的女儿在旁边坐着。当话题转到爱情和求爱上时，她说："哎，父亲，给他讲讲你的浪漫事呗。"老人拿下衔着的烟斗，说道，"没有人能娶到自己心爱的女人。"说完，他轻轻地笑了一声，"我爱她们超过爱我老婆的女人，有十五个呢。"他随即列举了许多女人的名字。接着，他讲到自己年少时为外祖父干活，那时人们用他外祖父的名字称呼他（原因是什么他记不清了），我们不妨就叫他多兰吧。他有一个非常要好的朋友，我且称其为约翰·伯恩。一天，他陪这个朋友到昆斯敦等一艘移民船，约翰·伯恩即将乘这艘船去美国。在码头上，他们看到一个姑娘坐在椅子上哭得很悲伤，面前有两个男人争吵不休。多兰说："我想我猜到是怎么回事了。那个应该是她的哥哥，那个应该是她的情人，哥哥要送她去美国，让她跟情人分手。她哭得多伤心哪！不过我觉得，我出手就能安慰好她。"过了一会儿，姑娘的情人和哥哥都走开了，多兰就跑到姑娘眼前转来转去，嘴里念叨着"天气不错啊，小姐"之类的话。没多久姑娘搭了腔，他们三个也就聊了起来。移民船数日不来，三人就搭外面的车兜风，把当地风光看了个遍，天真无邪快活之至。最终轮船来了，多兰只好对姑娘讲明，自己不去美国。姑娘哭得比上一次还厉害。登船时，多兰对伯恩耳语道："伯恩，我不是不舍得把她让给你，可你也别年纪轻轻的就把婚结了。"

故事讲到这里，老人的女儿调侃地插嘴道："看来你还是为了伯恩好才这么说的呢，父亲。"但老人一口咬定自己的确是为了伯恩好才这么说的。他继续讲述，后来他收到伯恩的信，告知已跟女孩订婚，他回信给予了同样的忠告。数年过去，再无音信。他虽已成家，却依旧对女孩念念不忘，不知她过得怎么样。终于，他跑到美国去一探究竟。尽管向许多人打听，还是得不到任何消息。又是数年过去，他的妻子死了，他正当盛年，成了一个富裕的农民，手头有不少大买卖。趁着做什么生意的机会，他又去了美国，再度探访寻找。一天，在火车车厢里，他跟一个爱尔兰人攀谈起来，照例询问关于各地移民的事。最后他问道："你听说过因尼斯拉斯来的磨坊主的女儿吗？"并说出了他在寻找的那个女人的名字。"哦，我认识。"对方说，"她嫁给了我的一个朋友，约翰·麦克尤因，住在芝加哥的××街。"多兰就去了芝加哥，敲响了她的门。她本人开的门，而且"模样一点没变"。他报上了自己的本名，外祖父死后他又改用这个名字了。他还提起火车上遇到的人的名字。她没认出他来，不过还是邀请他留下来吃饭，说她丈夫会乐于一见认识他老朋友的人。他们聊了许多，然而自始至终，我不知道为什么，可能他也不知道为什么，他都未说出自己是谁。吃饭时，他向她问起了伯恩的事。她把头伏到桌子上，哭了起来。她哭得那么伤心，以至于他都担心她丈夫会生气。他不敢问伯恩出了什么事，随即匆匆告辞，再也没有见过她。

老人讲完这个故事，说道："把这个故事讲给叶芝先生吧。说不定他会就这件事写首诗呢。"但他女儿却不以为然："哦不，父亲。为她那样的女人，没人能写出什么诗来。"唉！找始终不曾写下这首诗。也许是由于我这颗爱上过海伦以及天下所有可爱的、薄情的女人的心，已经过于酸楚了。有些事最好不要过于推敲琢磨，用直白的话语表述就最合适不过了。

1902 年

巫师

在爱尔兰，我们很少听说黑暗的力量[1]，目睹者更是难得一遇，因为人们的想象力更多专注于奇幻、玄妙的事物，而奇幻和玄妙一旦跟恶或者善混合，就会失去像呼吸般不可或缺的自由。然而智者认为，无论人在哪里，能够满足其贪欲的黑暗力量也就跟到哪里，一如把蜜贮存在心房中的光明精灵，以及四处飞舞、以激情与忧郁

---

[1] 现在我所知道的就多了。我们身边的黑暗力量比我所想象的多得多，只是比不上苏格兰的那么多；不过我认为，爱尔兰人的想象力的确主要专注于奇幻、玄妙的事物。——作者注

笼罩着人们的幽冥精灵。智者还认为，拥有由修炼所得的本领或与生俱来的能力，可以一窥黑暗力量隐藏处所的非常之人，就能看得到黑暗力量。他们有的是曾经充满破坏力的男男女女，有的是从未存活于世的异类，都心怀着阴险的恶意缓慢游走着。据说，黑暗的力量纠缠着我们，夜以继日，就像盘踞在古树上的蝙蝠；而我们之所以不常听说，是因为各种更黑暗的魔法极少发挥作用。在爱尔兰，我几乎没有遇到过试图与邪恶力量交流的人，而碰上的几个则深藏其意图和行为，不让周围的人得知。他们主要是些小职员之类的人，为了修炼，在挂着黑色帘幕的房间里集会。他们本来不愿让我进去，不过在发现我对玄学并非一无所知后，就乐于带我在别处展示他们的活动了。"到我们这儿来，"他们领头的是一家大型面粉厂的职员，他对我说，"我们要让你看看会跟你面对面交谈的精灵。它们的样子、身形和体重，跟我们一样。"

我一再提到在恍惚状态下与天使和仙人们——白日之子和黄昏之子——沟通的力量，他则坚持，我们只应相信在正常精神状态下所看到和感觉到的东西。"好吧，"我说，"我会到你那里去，"或者类似的话，"但不会让自己变得神志恍惚，这样就能知道，你所说的这些人形是否并非异类，是否比我所说的那些更能为普通的感觉所触及和感知。"我不是在否认异类化为人形的力量，只是，如他所说的那些简单的祈神行为，看来不过是使精神陷入恍惚，从而诱导它感受到白日、黄昏和黑夜的力量罢了。

"不过，"他说，"我们见过它们四处挪动家具，它们听命于我们，会帮助或伤害那些对它们一无所知的人。"这些不是原话，我只是在尽量准确地传达我们谈话的实质。

在约定的那天晚上，我大约八点到达，看见那个领导者独自坐在一间狭小的后屋里，衣服几乎全黑。他身着黑色长袍，有如古画中宗教法庭审判者的装束。这衣着使他几乎隐身了，只能看到一双透过兜帽上两个小圆孔向外窥视着的眼睛。在他面前的桌子上，摆着一个盛有燃烧药草的黄铜盘子、一只大碗、一个画满符号的头盖骨、两把交叉的匕首，还有一些形似磨石的器物，这些东西用于以某种我所不知的方式控制自然力量。我也穿上了一件黑袍，还记得它不太合身，行动起来相当不便。巫师从篮子里拎出一只黑色的公鸡，用那两把匕首中的一把割开它的喉咙，让血流进大碗里。他打开一本书，开始念咒祈祷，当然不是用英语，带着一种低沉的喉音。他还没结束时，另一个二十五岁上下的巫师走进房间，同样身着黑袍，在我左边坐下。祈神的巫师正对着我。我很快发现，他的双眼，在兜帽上的小圆孔后闪亮着，正以奇异的方式作用于我。我竭力抵抗这种影响，头开始疼了起来。祈神继续，最初几分钟没什么变化。然后，祈神的巫师站起来，熄灭了大厅里的灯，这样门下的缝隙便不会有光透过来。现在除了铜盘里燃烧的药草再无光源，除了祈神的低沉喉音再无声响。

没过多久，我左边的人开始摇晃身体，口中叫道："哦，上帝！哦，上帝！"我问他哪里不舒服了，叫他却不知道自己说过话。片刻之后，他说看到一条大蛇在房间里游走，人也变得非常激动。我没看到任何具有确切形体的东西，只觉周围黑云渐渐凝聚。我觉得自己要是不加抗拒，必定陷入恍惚之中；造成这种恍惚的影响力本身是杂乱无序的，换个说法，就是邪恶。挣扎了一阵，我摆脱了乌云，又能用正常的感受来观察体会了。这时候，两个巫师逐渐看出有黑色和白色的柱状物在房间里移动，最后看到了一个穿修士服的男人。而使他们大为困惑的是，我并没看到这些形象，而对于他们来说，那些就跟面前的桌子一样真切。祈神者似乎在逐渐发力，我开始感到，似乎有一股黑暗之流从他身上涌出，径直冲我而来。这时我也注意到，左边的人已经陷入死亡般的恍惚状态。我拼尽最后的力气驱散了乌云，觉得它们是在我没有陷入恍惚状态下，所能看到的仅有的形象了。我对它们全无好感，于是就要求点上灯。经过必要的驱邪仪式后，我回到了平常世界。

我问两个巫师中法力较强的那位："要是你那些精灵中的一个控制了我，会是什么情况？""你走出房间时，"他答道，"它的品性会添加到你的品性中。"我询问他的巫术的源起，却得知有限，只了解到他是从父亲那里学来的。他不愿对我多透露什么了，因为看起来，他似乎承诺过要对此保守秘密。

连着好几天，我都摆脱不掉一种感觉，总觉得有些奇形怪状的东西不离左右地缠着我。光明的力量总是美丽可爱的；幽冥的力量时而美丽，时而怪异；黑暗的力量则以丑陋恐怖的形象展现其扭曲的特质。

魔鬼

一天，我常提到的梅奥郡的老妇人告诉我，有些非常不好的东西沿路走来，进了对面的房子。虽然她不愿说那是什么，我却明白她的意思。还有一天，她告诉我，她的两个朋友被一个家伙求过爱，她们相信那就是魔鬼。其中一个朋友正站在路边，那个家伙骑着马过来，邀她上马坐到他身后去兜风。她不愿去，那家伙就不见了。另一个朋友，一天夜里很晚的时候，出门到路上等待年轻的情人，有个东西啪啦啪啦地沿路滚到她脚边。那看起来像是张报纸的东西，猛地扑到她脸上。她从它的大小猜想是张《爱尔兰时报》。突然，它变成了一个年轻男子，请她一同散步。她不愿去，那家伙就不见了。

我还认识一个住在本布尔本山的坡地上的老人。他曾发现魔鬼在他的床底下摇铃铛。于是，他溜出去，把小教堂的钟偷来，将魔鬼赶走了。那也许是其他的什么东西，根本不是魔鬼，而只是个可怜的树精，露出马脚惹了麻烦。

快乐的和不快乐的神学迷

一

梅奥郡有个妇人有次跟我讲:"我认识一个女仆,因为爱慕上帝而上了吊。她因被神父和社团①冷落而倍感孤独,便用围巾把自己吊在了楼梯栏杆上。刚一死去,她就变得跟百合花一样洁白。而要是谋杀或自杀的话,就会变得漆黑。人们为她办了基督徒的葬礼,神父说,她刚一离世就到了主的身边。所以,只要出于对上帝的

_____

① 她所属的宗教团体。——作者注

爱，做什么事都没关系。"对她讲这件事时所表现出来的喜悦，我并不惊奇，因为她热爱一切神圣的事物，达到了言必称之的地步。她有一次告诉我，她只要在布道会上听到什么，之后没有不亲眼看到的。她给我描述过炼狱大门在她面前出现时的样子，只是我忘得差不多了，只记得她说眼中只见大门，而不见受难的灵魂。她满心想着快乐美好的事物。一天，她问我，哪个月份和哪种花最美丽。我回答不知道，她说："五月最美，因为是圣母之月；山谷百合最美，因为它从没犯过罪孽，一尘不染地在岩石上绽放。"她接着问："为什么冬季三个月如此寒冷？"这个我也不知道。她就解释道："是因为人的罪孽和上帝的报复。"在她眼中，基督不仅神圣，而且拥有臻于完美的男性比例。她认为，美与神圣是协调一致的。在所有男人中，仅有基督的身高恰好六英尺，而其他人不是高一些就是矮一些。

她对仙人的所想所见也是快乐而美好的，我从没听她把它们称作堕落天使。它们跟我们凡人一样，只是长得更好看。她一次又一次地赶到窗边，看它们驾着马车穿过天空，马车一辆接着一辆，形成一个长列；或者冲到门口，听它们在古寨里载歌载舞。它们似乎总唱一首名为《远方的瀑布》的歌。尽管它们有一次把她撞倒了，她也没有心生怨恨。她在金斯郡做工时最容易见到它们。不久前的一天早上，她对我说："昨天夜里，我等着主人回家。十一点一刻的时候，我听到桌子上砰地响了一声。'整个金斯郡都听得到。'我说，接着大笑起来，差点喘不上气。这是个警告。我待得太久了。它们想要自己待在这个地方。"我有次告诉她，有一个人看到仙人后，吓得昏了过去。她说："那不可能是仙人，一定是什么坏东西。没人会因为看见仙人而昏过去。那是个魔鬼。有一次，仙人们差点把我和我躺着的床一起从屋顶扔出去，我都没害怕。还有一次，正干活的时候，我听见有个东西像鳗鱼似的，噼里啪啦地爬上楼梯，还发出尖叫声，我也没害怕。它走到了每扇房门前，但进不了我待的房间，不然我会把它扔到天上去，让它像一道火光似的消失。我们那地方有个男人，一个狠角色，他就弄死了一个。他出门到路上去会它，不过想必是有人告诉他咒语了。其实仙人是最好的邻居。你要是对它们好，它们也会回报你，只是不喜欢你挡它们的路。"还有一次，她告诉我："它们对穷人一向都很好。"

二

然而，戈尔韦的一个村子里有个男人，他眼中所见唯有邪恶而无其余。有些人将其奉为神圣，其他人则认为他有几分疯癫。不过，他的一些话，让人想起古爱尔兰关于三个世界的传说，据说为但丁创作《神曲》提供了蓝本。只是我想象不出这人能看见天堂。他尤其不待见仙人，说它们无疑是潘神的后代，描述着它们普遍长着的羊蹄，以证明它们是撒旦之子。他不认同仙人会掳走女人的说法，尽管有很多人这么说，但他确信它们"多得跟海里的沙子一样，遍布在我们周围，诱惑着可怜的凡人"。

他说："我听说有个神父，盯着地面，就像在找什么东西，这时有个声音对他说：'你要是想看到它们，那就让你看个够。'于是他的眼睛大大地睁着，发现满地都是仙人。它们有时候唱歌，有时候跳舞，不管做什么都露着分趾的脚。"不过，即使它们又唱又跳，他还是对这些不信奉基督教的家伙不屑一顾。他认为"只有赶它们，它们才会走"。"有一天晚上,"他说,"我从金瓦拉走回来,挨着那边树林下坡,觉得旁边有什么同行,我能感到它骑的马和马腿抬起的动作,却没有马蹄踏地的声音。于是我停下脚步,转过身,大声嚷道:'滚开!'它就走了,以后再也没找过我的麻烦。""我还知道有个人,临终之时,一个东西凑到他床边。于是他朝它大喝道:'滚开,你这非自然的畜生!'那东西就离开了。它们都是堕落的天使,坠入凡间后,上帝说:'要有地狱。'马上就有了地狱。"他讲到这里时,一个坐在炉边的老妇人插话说:"上帝拯救我们,可惜他说了那句话,不然现在也许就没有地狱了。"但这个预言家没注意到她的话,而是继续说道:"接着他问魔鬼,愿意用什么来交换所有人的灵魂。魔鬼说,除了处女之子的血,再没有什么东西可以满足他。于是魔鬼如愿以偿,地狱的门就打开了。"看来,他是把这件事当作谜一般的古代民间故事来理解的。

"我亲眼看见过地狱。我有一次在幻象中见到了它。它四周是非常高大的墙,全是金属铸的;还有一扇拱门,有一条小路直通进去,就像通往绅士果园的小径,不过路两旁不是树篱,而是烧红的金属栏杆。高墙里面小路纵横交错。我拿不准右边有什么,但左边有五个巨型的炉子，里面装满被粗大的链子拴住的灵魂。我急忙掉头走开，转身时我又看了一眼围墙，墙高得望不见顶。

"还有一次，我看到了炼狱。它似乎处在一块平地上，四周没有墙，但整个是团明亮的火焰，灵魂站在其中，所受之苦几乎不亚于地狱，只是身边没有魔鬼，而且它们还有希望升去天堂。

"这时我听到里面传来一声喊叫：'救我出去！'定睛一看，原来是我当年在军队里认识的一个爱尔兰人，是本郡的老乡。我认为他是阿森赖的奥康纳国王的后代。

"我先把手伸过去，可是随即喊道：'恐怕我还没走到离你三码远的地方，就在火里烧焦了。'他于是回答：'也对。那你用祈祷来帮助我吧。'我就照做了。

"康奈兰神父也说过同样的话，以祈祷帮助死者。他是个非常聪明的人，擅长布道，还从卢尔德①带回圣水，治好了许多人的病。"

1902 年

---

① 法国南部城市，传说那里的天然圣水可以治疗疑难杂症。

最后的吟游诗人

迈克尔·莫兰约于 1794 年诞生于都柏林自由区布莱克皮茨附近的法德尔巷。出生两周后，他因病完全失明，却让父母因祸得福，早早就把他送到街角和利菲河的桥上去吟唱乞讨。他们大概恨不得家里的孩子都像他那样，因为没有了视觉的干扰，他的头脑就成了完美的回音室，日常活动和公众情感的每一变化都在其中转化为歌谣或俏皮话低声细语。迈克尔成年后，被公认为自由区民谣歌手的头号人物。织工马登、威克洛的盲人小提琴手卡尼、米斯的马丁、天知道从哪儿冒出来的麦布

莱德，还有那个麦格雷恩（后来，在真正的莫兰离世后，
此人套着一身莫兰式行头，确切地说就是莫兰式的破衣
烂衫，四处招摇，吹嘘说从来就没有什么莫兰，他就是
莫兰），以及其他许多人，都向他致敬，推崇他为那个
行当所有人的首领。尽管失明，他在娶妻方面并没有任
何困难，反而还可以挑挑拣拣，因为很多女人都倾慕他
这种浪子与天才的混合体。女人也许由于自己总是循规
蹈矩，反而喜爱出乎意料、落拓不羁、令人迷惑的男子。
他即便衣衫褴褛，也不乏许多上等的享受。他特别爱吃
续随子酱。有人记得有一次，餐桌上没预备，他气得竟
然抓起盘中的羊腿朝妻子扔过去。不过，他看起来并不
起眼，身着带披肩、有扇形饰边的粗呢外套，旧灯芯绒
裤子，脚蹬一双大号粗革拷花皮鞋，手腕上用皮绳紧紧
地拴着结实的手杖。假如古代的吟游诗人麦克科林——
那个国王的友人，能在科克郡石柱以先知幻视看到后世
的莫兰，准会为他深感悲哀。然而，即便没了短斗篷和
皮钱夹，他也是个真正的吟游诗人，依旧身为人民的诗
人、小丑和信使。每天早饭过后，妻子或邻人会给他读
报。他们读啊读啊，直到他打断道："行了，我要自己琢
磨琢磨了。"于是一天的笑话和歌谣就从这些琢磨中诞生

了。他把整个中世纪的故事都装进了自己的粗呢大衣里。

　　然而，不同于麦克科林，莫兰对教会和神职人员并无憎恶。因为，在他对时事还没琢磨透，或者人们要听更实在更有说服力的事时，他就会讲述或吟唱关于圣人、殉道者或《圣经》奇事的诗体故事或者民谣。他会站到街头，待人群聚拢后，以下面这样的话开场（这是我从他的一个熟人所做的记录那里摘录来的）——"围过来，孩子们，围过来吧。难道我是站在水坑里，还是站在泥沼中吗？"马上就会有几个男孩子大喊道："哦，没有！您没有！您站在干干爽爽的地方呢。接着讲圣玛丽吧，接着讲摩西吧。"——他们各自喊着自己最喜欢的故事。这时莫兰会迟疑地扭扭身子，裹紧破衣裳，突然嚷道："我的好朋友都变成背后说坏话的家伙了。"他还警告男孩子们，"你们要是再吵吵闹闹不好好听，我就挑个人整治整治。"随后便开始吟诵，或者再吊吊大家的胃口，问道："现在围满了人吗？这里有没有无耻的异教徒？"他最有名的宗教故事是关于埃及的圣玛丽的，是一首风格极为庄重的长诗，改编自科伊尔主教的一首篇幅更长的作品。诗歌讲述了埃及一个放荡女子玛丽的故事。她用心不良地随着朝圣者到达耶路撒冷后，发现自己被超自然的力量挡在圣殿之外，随即幡然忏悔。她逃到沙漠，在独居苦修中度过了余生。在她弥留之际，上帝派佐齐默斯主教来聆听她的告解，为她举行最后的圣礼。上帝还遣来狮子为她挖掘坟墓。诗歌使用的是令人不堪忍受的18世纪韵律，却大受欢迎，由于经常被要求表演，莫兰很快就获得了"佐齐默斯"的绰号，并以此名而久为人知。他自己也创作了一首诗，名为《摩西》，略近律诗而不尽然。他不大能忍受埃及圣玛丽故事庄重的诗风，因此不久就改编出了流浪汉风格的版本：

> 在埃及土地上，尼罗河畔，
>
> 法老王的女儿随俗去洗澡。
>
> 她泡了一下子，就上了岸，
>
> 为吹干贵体又沿着河岸跑。
>
> 她被芦苇绊倒，定睛一看，
>
> 稻草窝里有个婴儿微微笑。
>
> 她抱起了孩子，柔声说道：
>
> "哎哟喂，姑娘们，这是谁家的宝宝？"

不过，他的幽默诗更多是拿同时代的人调侃。比如

有个鞋匠，以炫耀财富和肮脏邋遢而出名，莫兰就诗兴
大发，在一首歌谣中揭露其微贱的家世。可惜只有第一
节流传了下来：

　　　肮脏的鞋匠迪克·麦克莱恩，

　　　住在肮脏巷肮脏的最里边。

　　　他老婆肥胖又凶悍，

　　　前朝时摆了个橙子摊。

　　　一便士六个便宜啦！

　　　埃塞克斯桥上放声喊。

　　　迪克却穿件新外套，

　　　混在富人中装有钱。

　　　论顽固跟族人没两样，

　　　街头巷尾瞎胡唱，

　　　高一声，低一嗓，呼应他的老婆娘。

　　莫兰需要应对各种各样的麻烦，还要面对许许多多
的捣乱者。一次，有个多事的警察把他当流浪汉抓了起
来。不过莫兰在法庭上成功为自己辩护，提起自己对先
贤荷马的崇拜，说荷马也是个诗人、盲人，还是个乞丐，

引起法庭上哄堂大笑。随着名气大涨，莫兰也不得不面临越发严峻的问题。五花八门的模仿者从四面八方冒了出来。比如，有个演员，模仿他的台词、歌谣和服饰，赚的几尼①跟莫兰赚的先令相当。一天晚上，这个演员跟几个朋友吃饭，大家为他的模仿是否胜过莫兰本人而争论起来。于是他们达成一致，交由观众断定。赌注为一家著名咖啡馆的一顿四十先令的晚餐。演员把场地选在莫兰常去表演的埃塞克斯桥，很快就聚集起了一小群人。他刚唱出"在埃及土地上，尼罗河畔"，莫兰本人就来了，身边跟随着另一群人。人群相遇，兴奋异常，笑声哄起。"善良的基督徒哇，"假莫兰喊道，"居然有人会冒充我这可怜的瞎子？"

"你是谁？你这个冒牌货。"莫兰顶了回去。

"滚开，你这卑鄙的家伙！你才是冒牌货。你冒充可怜的盲人，就不怕天打五雷轰吗？"

"圣人哪，天使们哪，难道没有谁来阻止这种事吗？你这个毫无人性的无赖，竟然如此抢夺我诚实劳动换取的面包。"可怜的莫兰骂道。

———————————

① 旧时欧洲货币单位，1 几尼能兑换 21 先令。

"你……你这个无耻小人，竟然阻拦我继续吟唱美妙的诗歌。基督徒们，你们就不愿发发慈悲，把这个人轰走吗？他欺负我什么都看不见呢。"

假莫兰眼见自己占了上风，便谢过众人的怜悯和保护，继续吟唱诗歌。莫兰不知所措，在沉默中听了一会儿。过了一阵，莫兰再次抗议道：

"你们当中就没有人能认出我吗？你们就看不出我才是莫兰，而那家伙是假冒的吗？"

"在我把这个好听的故事接着讲完之前，"假莫兰打断他，"拜托你们发发慈悲，让我讲下去吧。"

"你就没有灵魂需要拯救吗？你这无法无天的东西！"莫兰喝道，这种恶劣的侮辱令他怒不可遏，"你要抢劫穷人而毁灭世界吗？啊，谁听过这种狠心的事情啊！"

"你们自己判断吧，朋友们，"假莫兰说，"可怜可怜你们全都如此熟悉的真正的盲人吧，帮我摆脱那个阴谋家吧。"说完，他收了不少便士和半便士。假莫兰收钱的时候，真莫兰吟诵起了《埃及的圣玛丽》。气愤的人群抓住他的手杖，正要打他，却发现他跟莫兰本人如此相像，便住手退缩了，显得无所适从。这时假莫兰对人们喊道："让我跟那个恶棍面对面，我会马上让他明白谁是冒名顶替之人！"大家把他引到莫兰跟前，但他并没有扑向莫兰，而是往莫兰手中塞了几个先令，又转向人群向大家说明，自己其实只是个演员，刚刚打赢了一个赌。随即，他离开大为兴奋的人群，吃那顿赢来的晚餐去了。

1846 年 4 月，神父得到消息，迈克尔·莫兰就快死了。神父在帕特里克街 15 号（现在的 14 又 1/2 号）见到了他。莫兰躺在铺着稻草的床上，房间里挤满衣衫褴褛的民谣歌手，他们为他最后的时光送来安慰。莫兰死后，民谣歌手们带着小提琴等许多乐器上门，为他隆重地守了一次灵。人人都倾其所有，献出种种诗歌、故事、古语或奇妙韵文来增添欢乐。他曾经红极一时，祈祷过，忏悔过，难道不该为他办一场真诚热烈的欢送会吗？葬礼于第二天举行。由于天气潮湿黏腻，一大帮仰慕者、朋友同棺材一起挤进了灵车。没走多远，有人冒出一句："天也太冷了，不是吗？""是啊，"另一个人回答道，"到墓地的时候，咱们都得冻得跟死人一样硬了。""他运气真差，"第三个人说，"我真希望他能再挺上一个月，等到天气转好再走。"一个叫卡罗尔的人随即拿出半品脱威士忌，众人一齐为死者的灵魂干杯。不料，遗憾的是，灵车超载，还没到墓地弹簧就断了，酒瓶也摔碎了。

也许，当朋友们向莫兰敬酒时，他对于自己即将进入的另一个王国，想来必定感到陌生和不适吧。让我们祝愿，他能找到一个舒服的中间地带，在那里，他可以用某种新颖的、韵律更精致的诗句唱起旧日的歌谣，将零落的天使召至身旁：

围到我身边吧，孩子们，好吗？
围到我身边吧！
来听听我要说的话，
趁老萨利还没给我
端来面包和茶。

并对小天使和六翼天使加以大肆嘲弄和调侃。尽管莫兰是个流浪汉，但他很可能发现并采摘到了崇高真理的百合和稀世之美的玫瑰。由于缺少这两者，爱尔兰如此众多的作家，不论有名无名，最终都像拍岸的浪花一样徒劳无功。

女王，仙人的女王，来吧

　　一天晚上，我们几个人在西海岸的一片沙滩上散步。一个是中年男子，他半生都住在远离车马喧嚣的地方；一个是年轻姑娘，她是中年男子的亲戚，据说堪称先知，看得见原野上牛群中闪过的神秘亮光；还有一个就是我。我们谈到"健忘的人们"，这是有时用来指代仙人的称呼。交谈中我们走到了一处有名的仙人出没之地，那是黑色岩石间的一个浅洞，洞的影子投在潮湿的沙滩上。我问年轻姑娘能不能看见什么，因为我有许多事想问问"健忘的人们"。她凝神伫立了一会儿，我眼见她渐渐进入一种清醒的恍惚状态，寒冷的海风影响不了她，大海沉沉的轰响也难以使她分神。这时我大声喊起一些著名仙人的名字。过了一会儿她说，她能听到岩石深处的音乐声，然后是模糊的说话声，还有人在跺脚，似乎在为一个看不到的表演者喝彩。另一个朋友本来一直在几码外溜达，这时走过来，突然说，有什么要来打扰我们了，因为他听到岩石那边什么地方有孩子们的笑声。然而，我们四周空无一人。看来，这个地方的仙人们也开始对他施加影响了。他的说法随即得到了那位姑娘的证实。她说阵阵笑声开始跟音乐声、含糊的说话声和跺脚声混合在一起了。接着，她看到洞中射出一道强光，洞穴似乎变得大为幽深，有很多小人①，穿着各色衣服，主要是红色，正随着一首她不知道的曲子翩翩起舞。

于是，我让她召唤小人们的女王，邀她来跟我们说说话。可是她的召唤没得到任何应答，我就自己大声重复了一遍。片刻之后，一个美丽高挑的女人走出了洞

---

① 我曾耳闻，爱尔兰的仙人们有时跟我们一样高，有时比我们高，有时大约三英尺高。我再三提到的梅奥老妇人认为，是我们眼睛里的某种东西使得仙人们看起来或高或矮。——作者注

穴。此刻，我也陷入了一种恍惚的状态。在这种状态中，
我们所称的不真实之物变得异常真实，我能看见她金色
首饰的柔光和如云秀发的隐约摇动。这时我让那姑娘对
这位高挑的女王说，请她指挥臣下列队站好，好让我们
看清它们。我发现跟先前一样，我还是得自己重复一遍
要求。仙人们于是走出洞穴，自行集结。我没记错的话，
他们聚成了四组。有一组手持生命魔杖，还有一组戴着
显然由蛇鳞制成的项链。不过他们的着装我记不得了，
因为我太过入神地关注那位光芒闪耀的女王了。我请女
王告诉我们的先知，这些洞穴是不是这一带仙人最大的
活动场所。她的嘴唇翕动，可是听不见答话。我让先知
把手放到女王胸前，这样她就能清清楚楚地听到每个字
了。不，这里不是仙人最大的活动场所，因为前边不远
有个更大的地方。我又问，她和她的臣民是否真的会掳
走凡人，如果是这样，她们是否把另一个灵魂放置进掳
走的这个人身上。"我们交换身体。"她这样回答。"你
们仙人有投生凡间的吗？""有。""我认识的人里有前
世属于你们的人吗？""有。""是谁？""让你知道这个
是不合规矩的。"我又问，她和她的臣民是否并非"我们
随心所欲编造之物"，"她没听懂，"朋友说，"不过她说，

她的臣民和人类很相像，做的也都是人类的大部分事情。"我又问了另一些问题，比如她的本性，她身处宇宙的意图，但这些问题似乎只令她迷惑不解。终于，她失去了耐心，就在幻境的沙滩上——而非我们脚下沙沙作响的沙滩上——给我写下了这句话："小心，别试图了解我们太多。"见自己冒犯了她，我马上为她的现身和答问表达谢意，听任她又回到洞穴中去。不一会儿，年轻姑娘从恍惚中醒来，再度感受到尘世的冷风，打起了寒战。

我尽可能准确地讲述这些事情，而且不以任何理论混淆原貌。理论充其量是些可怜的见解，我的很多理论大都早已失去了生命力。与任何理论相比，我都更钟爱象牙之门随铰链转动的声音，而且认为，只有走过撒着玫瑰的门槛的人，方得一窥牛角之门那遥远的微光。[①]也许，我们若只是发出古代占星家利里[②]在温莎森林中的呼喊，"女王，仙人的女王，来吧"，并像他那样记住，

---

① 牛角之门与象牙之门，是文学作品中用以区分实在发生之梦与虚构之梦的意象。在希腊语中，牛角一词与"实行"相近，而象牙一词与"蒙蔽"类同。因此，自古即有真梦出自牛角之门、假梦出自象牙之门的说法。

② 威廉·利里（1602—1681），17世纪英国著名占星家，曾多次做出准确的预言，其中最著名的是预言了1666年的伦敦火灾。

上帝会在其子民的梦中到访，这样也许对我们最好。高
挑闪耀的女王，走近一些吧，让我再看看你如云秀发的
隐约摇动。

"美丽而英武的女人"

　　一天，我认识的一个老妇人亲眼见识了英气夺人的美，那种极度的美，是布莱克①所说的从青春到年老都几乎不变的美，一种已逐渐从艺术中淡出的美，因为我们所谓进步的颓废，以俗艳的美取代了它。当时这位老妇人正站在窗前，眺望诺克纳雷山，据说梅芙女王②安

_____

① 威廉·布莱克（1757—1827），英国诗人、画家、版画家。对叶芝有较大的影响。
② 爱尔兰神话中的康诺特国女王。古爱尔兰史诗《夺牛长征记》记载，她手持兵器领兵攻打阿尔斯特军队。

葬在那里。她告诉我，此时她忽然看见，"一个平生所见最美的女人下了山，一路疾行，径直走过来"。女人腰悬长剑，手提匕首，一袭白衣，裸臂赤足。她显得"非常强悍，但毫无邪气"，也就是说，不见凶残之相。老妇人曾经见过爱尔兰巨人，"他虽然是个美男子"，但完全不能跟这个女子相比，"因为他膀大腰圆，走起路来不这么精神抖擞"。"她长得像某位夫人"，即附近的一位仪容端庄的女士，"不过，她腹部平坦，两肩纤秀而舒展，模样比你见过的任何人都漂亮，看上去也就是三十上下"。老妇人用手捂住眼睛，而移开手时幻象已经消失。邻居们对她"极其不满"，她跟我说，因为她没弄清楚有无神谕，而他们确信那就是梅芙女王，她经常对船上的舵手现身。我问老妇人，见没见过其他像梅芙女王的人，她说："她们有的披着头发，但是看起来大不相同，就像报纸上那些一脸睡意的女人。那些扎起头发的倒跟她相像。还有一些穿着白色长裙，而那些扎起头发的穿着短裙，所以看得见小腿。"细问之下我明白了，她们极可能是穿着一种高筒靴。她接着说："她们看上去又帅气又精神，就像人们见到的那些三三两两在山坡上骑马、腰间佩剑的男人。"她一遍一遍地絮叨"现在可没有这种人了，再没有这么标致完美的人了"之类的话，又说，"当今的女王^①是个端庄可亲的人，但是跟她不一样。我这么看不上如今的贵族女子，是觉得没一个比得上她们。"她们，指仙人。"每当想起她，再想起现在的贵族女子，就觉得她们活像只知到处乱跑而不懂穿衣打扮的小孩子。这还算贵族女子吗？哼，我都不管她们叫女人。"

前些日子，我的一个朋友跟戈尔韦救济院的一个老妇人谈起梅芙女王。那个老妇人说："梅芙女王英姿飒爽，凭一根榛树枝横扫群敌，因为它被赋予了魔力，是世间最厉害的兵器，有了它就能纵横天下。"但是她变得"最后非常不像话——唉，非常不像话。这件事最好别议论纷纷，最好只让它留在书里和听者耳中"。我的朋友认为，老妇人是想起了罗伊之子弗格斯和梅芙女王的流言蜚语。

我自己有一次在布伦山区遇到一个年轻人，他记得一个用爱尔兰语写诗的老人。年轻人说，这个诗人早年邂逅过一个女子，自称梅芙。她说自己是"那些人"的女王，还问他想要金钱还是快乐。他说想要快乐。女子

---

① 维多利亚女王。——作者注

于是与他相爱了一段时间，之后便一去不返。从那以后他一直非常伤心。诗人作了一首哀婉的诗。年轻人经常听他吟唱，不过只记得诗作"极其伤感"，以及他称她为"人中花魁"。

1902 年

中了魔法的树林

一

去年夏天，每当完成一天的工作后，我习惯到一片很大的树林里去散步。在那里我常常会遇上一个老农民，就跟他聊聊他的活计和那片林子。有个朋友偶尔陪我去，比起我来，老农民更愿意对他畅所欲言。老农民一辈子都在修剪挡路的无毛榆、榛树、女贞、角树的树枝，对树林中自然和超自然的生物都富于见解。他听到过刺猬——他称它为"格兰尼·奥格"——"像个基督徒似的咕咕哝哝"，他相信刺猬偷苹果的方法是在苹果树下打滚，直到每根刺都扎上一个苹果。他还确信，树林里众多的猫都有自己的语言——一种古爱尔兰语。他说："猫就是蛇变的，在一次世界巨变时蛇变成了猫，这就是为什么猫很难被杀死，为什么招惹它们会有危险。你要是惹恼了猫，它会挠你或者咬你，使你中毒，就像被蛇的毒牙咬了一样。"有时他又认为，它们变成了野猫，尾巴尖上长出指甲。但这些野猫跟总待在林子里的貂猫不同。狐狸一度是驯服的，就像现在的猫；不过它们出逃之后也就变野了。他如数家珍地谈到各种野生动物，除了松鼠——他讨厌松鼠。不过，每当回忆起童年是怎么点着一把麦秆放到刺猬肚皮底下，逼它们伸开蜷曲的身子时，他的眼睛还是会快活得发亮。

我拿不准他能否把自然和超自然的生物分得很清楚。有一天他对我说，天黑之后，狐狸和猫最喜欢待在古寨遗址 [①] 里。他会自然而然地从一只狐狸的故事转到一个精灵的故事，语气几乎不变，就跟转而讲起一只貂猫的故事一样——貂猫现在算稀有动物了。很多年以前，他常在果园干活。有一次，人家让他睡在花园的一所房

---

① 由巨石围成的圆圈状建筑，爱尔兰铁器时代的遗迹，又称碉堡。

子里。房子带一间阁楼，里面装满了苹果。整个晚上，他都能听到头顶上的阁楼里有人摆弄盘子刀叉稀里哗啦的声响。至少有一次，他在树林里见到过奇异的景象。他说："有段时间，我在英奇那边伐木。一天早上，大约八点，我到了那儿，看见一个姑娘在采坚果。一头棕色的秀发披在肩上，一张小脸清秀明净，个子高挑，头上什么都没戴，衣着朴素，一点都不花哨。她觉察我来了，就缩小身子，随即消失了，好像钻到了地里。我朝她的方向走去，左找右找，可是怎么都没找到，直到今天都没再见到她。"他所说的"明净"，就是我们常说的清新或秀丽的意思。

其他人也在这片中魔法的树林中见到过精灵。一个劳工对我们讲起他的一个朋友之所见，那是在树林中一个叫山瓦拉的地方，离树林前面一个古老的村子不远。他说："一天晚上，我跟劳伦斯·曼根在院子里分开。他从山瓦拉的路离去，跟我道了晚安。两个小时过后，他又回到院子里，还让我点起马厩里的蜡烛。他告诉我，走进山瓦拉时，他遇到了一个小人，大约到他的膝盖那么高，头却比得上常人的身子那么大，走到他旁边，引他离开那条路，然后转来转去，最后带他走到石灰窑，随即消失了，丢下他一个人。"

有个女人跟我讲到一个她和别人在河道里的一个深水塘边见到的异象。她说："我从小教堂出来，越过栅栏，还有些人跟我一起。突然刮起一阵大风，两棵树被吹断了，倒进河里，溅起的河水直冲上天。同行的人看到许多人影，我却只看到一个，就坐在岸边树倒下的地方，穿着深色衣服，而且没有脑袋。"

有个男人告诉我，他小的时候，有一天，他和另一个男孩到一片地里去找一匹马。那里是树林湖边的一小块空地，到处是卵石、榛丛、匍匐刺柏和岩蔷薇。他对同伴说："我敢赌一颗纽扣，要是把石子儿扔到那丛灌木上，它一定会待在灌木顶上。"他的意思是树丛太密，石子穿不过去。说着，他捡起"一块牛粪似的卵石掷了过去。石头刚碰到树丛，就传来一阵闻所未闻的极其美妙的音乐声"。他们吓得撒腿就跑。跑出约二百码，回头望去，只见一个白衣女子，正一圈一圈地绕着那丛灌木走。"开头是个女人的样子，后来又变成了男人，一直围着树丛转呢。"

二

英奇的道路可谓错综交织，而我在研究幽灵的实质时，常常陷入比那些道路还要复杂的思绪中。但在有些时候，我又会说："就我而言，通行看法足矣。"别人告诉苏格拉底一个关于伊利索斯河仙子的博学见解时，他就是这么说的。心情好的时候，我就会相信，自然界充斥着我们看不到的人。这些人中，有的丑陋或怪诞，有的邪恶或愚蠢，但很多人却拥有超凡之美，美到远非我们所见可及。当我们在惬意、静谧的地方散步时，这些人距离我们不过咫尺之遥。甚至早在我的童年时期，穿行林间之际，我都会觉得，自己随时可能碰上某些人或物，神往既久而又不知所期者何。现在我会不时迈着近乎急切的脚步，探索一些荒林的边边角角，可见这种想象对我影响之深。你肯定也在某处体验过类似的想象，无论土宰你的星辰会如何决定它的方向。也许，土星驱使你前往树林，月亮可能令你前往海边。我不能确定落日之中是空无一物（我们的祖先想象逝者在那里追随他们的引领者太阳），还是只有某种模糊的、如无物般近乎不动的物体。如果美不是我们来到世上便落入其中的罗网的出口，美就不复为美了。我们会宁愿安坐家中烤火，养成一身懒肉，或者在愚蠢的运动中左冲右突，而不愿去欣赏光与影在绿叶间的绝妙表演。远离纷纭众口时，我对自己说，神仙无疑是存在的。因为只有我们这些既失天真又无智慧的人才会否定它们，而所有时代的质朴之人和古代的智者都见过它们，甚至与它们交谈过。它们在不远的地方过着激情四溢的生活，如我所想的那样，我们只需保持质朴和热烈的天性，死后就会跻身其间。更进一步，但愿并非将由死亡把我们与一切传奇相联系，并非我们迟早要在青山之间大战恶龙，也并非如《人间天堂》①中的老人们来了兴致时所想，以为一切传奇不过是——

混糅了人类在更伟大的日子里
所犯罪行之景象的预言。

1902 年

———————————

① 英国诗人威廉·莫里斯（1834—1896）的诗作。

神奇的生物

中魔法的树林中有貂猫、獾和狐狸，不过肯定还有些更强大的生物栖息于此，湖里更是藏匿着渔网或钓线都捕捉不到的生物。这些生物，有的属于亚瑟王传奇中出没的白牡鹿之类，有的则是在本布尔本山迎着海风一侧杀害迪尔米德的恶猪族群。[①] 它们是带来希望与恐惧

---

① 迪尔米德，凯尔特神话传说中的英雄。他在与所侍奉的主君芬恩与格兰尼公主的订婚仪式上，被格兰尼公主施了魔咒，两人私奔。多年后，芬恩引出了迪尔米德同父异母的兄弟变成的魔猪与迪尔米德相搏，迪尔米德身负重伤去世。

的魔幻生物，它们是飞翔的一族，是巡行于死亡之门近旁丛林中的怪物。

我认识的一个人记得，一天晚上，他父亲到英奇的树林去。"戈特镇的那帮小子常常到那里偷树枝。父亲靠墙坐着，狗挨着他。父亲听到有什么东西从欧巴恩韦尔跑来。他什么都看不到，不过从蹄声听来像是一只鹿。当它经过时，狗钻到我父亲身后，还挨着墙，似乎很害怕。但父亲还是什么都看不到，只听得到蹄声。于是在它跑开后，父亲马上掉头逃回家去了。""还有一次，"这个人说，"父亲告诉我，他和戈特来的两三个人驾着船到湖上去。有个人带着捕鳗叉，用叉朝水里扎去，不知碰上了什么东西，那人就昏了过去，他们只好将他从船上拖到岸上。那人苏醒过来说，他扎上的像是头牛犊，反正不管是什么，绝对不是鱼！"我有个朋友深信，湖中遍布的这些可怕生物，是古时狡诈的巫师们安置在那儿看守智慧之门的。他认为，我们若把自己的灵魂投送到水中去，就会使之变成一种具有激情和力量感的奇异情绪的实体，待它再度浮出水面时就可能征服世界。不过，他认为，我们首先得蔑视乃至推翻那些比它们真正存在时具有更强大生命力的奇异怪象。也许，当我们经历了最后的险境——死亡——之后，便能够直视它们而无所畏惧。

1902 年

书虫亚里士多德

我那个能使樵夫打开话匣子的朋友，前些日子去看望了他的老伴。他的老伴住在离树林边缘不远的农舍里，跟她丈夫一样，也是一肚子老故事。这次她讲起了传奇泥瓦匠格班和他的智慧，没一会儿就跑了题，说："书虫亚里士多德也非常聪明，又见多识广，最后还不是没斗过蜜蜂？他想弄明白蜜蜂是怎么筑巢的，花了将近两个星期的时间观察，还是没能看到它们筑巢的方法。于是，他就做了一个蜂房，上面安了块玻璃，用它罩住蜜蜂，以为这样就能看得见了。可是等他再去的时候，等他将眼睛贴到玻璃上，才发现蜜蜂已经在玻璃上面涂满了蜂蜡，蜂房如同锅底一般，一团漆黑。他还是跟先前一样，什么都看不着。他说此前自己从没真正输过，这回委实是栽在蜜蜂手里了！"

1902 年

神猪

　　几年前，一个朋友跟我讲起他年轻时的经历。他跟康诺特的芬尼亚兄弟会[①]的成员们一起出去训练。他们满满一马车人，沿着山腰行驶，来到了一个僻静的所在。他们下了车，带着步枪上山，训练了一阵。下山的时候，他们看到一头精瘦的古爱尔兰种长腿猪，跟着他们走了起来。他们之中有个人开玩笑地嚷道，这是猪仙。大家出于起哄，就都跑了起来。猪也跟着跑。一会儿，谁都

---

　　① 成立于 1858 年的秘密组织，致力于推翻英国对爱尔兰的统治。

不知怎么回事，闹着玩的害怕变成了货真价实的恐慌，
他们争相狂奔逃命。上了车后，他们策马全速奔驰，可
是猪照旧穷追不舍。这时一个人举枪要打，然而顺着枪
管望去，什么都看不见。没多久，他们转过弯，进了一
个村庄。他们跟村民讲述了刚刚发生的事，村民便拎起
铁叉、铁铲之类，跟他们沿路返回，打算把猪赶走。可
是到了转弯处，人们却什么都没见到。

1902 年

声音

　　一天，我路过英奇树林近旁的一块沼泽地时，突然一种情绪涌来，又随即消失，我心想，那就是基督教神秘论的根源吧。一阵虚弱感掠过，伴随着对某位强大的人格神的依赖感，他似乎远在天边又近在眼前。我对这种情绪的到来毫无预料，因为我满脑子想的都是神话人物安格斯[①]和埃戴恩[②]，以及海之子玛纳南。那天夜里，我从睡眠中醒来，仰面躺着，听到头顶有个声音说："没

---

　　① 凯尔特神话中的爱与青春之神。
　　② 与安格斯为一对情侣。

有哪个人的灵魂会与他人的相似，所以上帝对每个灵魂的爱都是无限的。因为其他灵魂无法满足上帝同样的需求。"几天之后我在夜间醒来时，看到了平生所见过的最可爱的人。一个年轻男子和一个年轻姑娘，身着古希腊式样的橄榄绿色衣服，正站在我床边。我看着姑娘，注意到她的裙装在颈部收束，形似一种项链，或某种常春藤叶状的硬刺绣。而使我大为惊奇的，是她脸上那不可思议的温柔。这样的面容如今业已不存。它具有一种稀世之美，而你会觉得，它全无欲望、希冀、恐惧或沉思之光。它平和安详，就像动物的脸；又像傍晚山中的水潭，静谧得略带忧伤。我一度以为她也许是安格斯的恋人，但那个受人爱慕、颠倒众生、永生不朽之人，怎能拥有如此这般的面容？无疑，她是月亮之女，不过究竟是哪个我可就无从知晓了。

1902 年

掳人者

在斯莱戈镇稍往北，本布尔本山南侧，高出平原几百英尺处，有一小块白色的方形石灰岩。从来没有人触碰过它，也没有绵羊或山羊在它旁边吃过草。天下没有哪个地方比它更难接近，也罕有什么地方充满如此令人敬畏的力量。它就是仙境之门，午夜訇然大开，成群的仙人一涌而出。这群欢乐之徒通宵在大地上纵横奔突，无人得见，也许只在一些非同寻常的"高贵"之地——德拉姆克利夫或德拉马海尔，巫医们会从门后探出戴着睡帽的脑袋，观察"贵人们"在搞什么恶作剧。对他们训练有素的眼睛和耳朵而言，原野上遍布头戴红帽的骑手，空中充满一声声的尖叫。一位苏格兰古代先知曾经描述说，这种尖叫就像哨声，远别于天使说话的声音。占星家利里英明地指出，天使们"说话多用喉音，像爱尔兰人一样"。附近要是有新生的婴儿或新婚的女子，这些戴睡帽的巫医就会比平日更加仔细地关注，因为这支神秘的队伍并非总是空手归营。有的时候，新娘或新生儿会跟它们进入山中。山门随之关闭，新生儿或新娘从此迁入全无人间烟火气的仙境。它们快乐至极，但却注定要在最后的审判日像明晃晃的蒸汽一般消散殆尽，因为灵魂没有忧伤就不能存活。经由这扇白色石门以及其他仙门，到"一便士就能买来快乐"的仙境去的，有国王、王后，还有王子们。不过仙境的神力已经大不如前，在我这些凄凉的记载中，只剩下些庄稼汉了。

大约上世纪初年，在斯莱戈市场街西角，现在是肉铺的那个地方，并没有济慈在《拉米亚》中所说的宫殿，而是一家药店，老板是个神秘兮兮的人，叫奥本顿医生。他的来路谁都不知道。那时斯莱戈还有个女人，叫奥姆斯比，她丈夫得了怪病，医生束手无策。他看似并无大碍，却日渐虚弱。妻子去找奥本顿医生。她被引进药店会客室。一只黑猫端坐在炉边。她刚好得空看到餐台上摆满了水果，就暗自思忖："医生要吃这么多水果，想必水果真的有益健康。"这时奥本顿医生进来了。他一身黑衣，和那只猫一样。他妻子跟在后边，也是一身黑。女人交给医生一个几尼，换来了一小瓶药物。她丈夫服用后便康复了。那段时间黑衣医生治愈了很多人。不料一天，一个富有的病人死了，于是猫、医生妻子加上医生，第二天夜里全都没了踪影。没出一年，奥姆斯比先生再度病倒。由于他长相英俊，妻子认定是"贵人"盯上了他。她就去凯恩斯福特拜访"巫医"。巫医听完她的述说，马上走到后门的后面，喃喃地念起咒语来。这回她的丈夫也康复了。但是没多久他又病了，这次性命攸关。她再度跑去凯恩斯福特，巫医又走出去，在后门的后面念叨起来，但很快就回到了屋子里，告诉她念咒已经没有用了——她丈夫行将就木。果然不假，她丈夫死了。从那以后，每说到丈夫，奥姆斯比夫人都摇着头说，她深知他在哪里，不是在天堂，也不是在地狱，更不是在炼狱。或许她认为，他的墓中留下的是一段原木，只是被施了魔法，才显现为她丈夫的遗体。

　　如今她已经不在人世，不过很多仍在世的人还记得她。我相信，她曾经给我的哪个亲戚做过女佣或者雇工。

有时候，那些被掳走的人在多年后——通常是七年——被允许见朋友们最后一面。很多年前，斯莱戈有个女人，跟丈夫在花园里散步时突然消失了。她儿子当时还是个婴儿。他长大后，不知从哪儿得知的消息，说是母亲被仙人们施了魔法，正关在格拉斯哥的一座房子里，期盼着见他一面。帆船时代的格拉斯哥，在这个农民的心目中近乎已知世界的边缘；但作为孝顺的儿子，他还是动身前往了。他花了很长时间，走遍格拉斯哥的大街小巷，终于在一间地下室里找到了母亲。他母亲正在干活。她说，她很快乐，吃的东西也是最好的，还问他难道不想尝尝吗，接着在桌上摆出五花八门的食物。但他很清楚，母亲是在以仙人的食物对他来施行魔法，好把他留在身边。于是他拒绝了，回到了斯莱戈的家中。

斯莱戈往南大约五英里有个幽暗的水塘，树木环绕，是水禽聚集之地。因其形状而得名心湖。湖上常有怪异的东西出没，并非鹭鸟、沙锥或野鸭之类。跟本布尔本山的白色石块一样，这个湖里也有仙众涌出。有次，在人们打算开渠引水动工的时候，有个人突然大喊，说看到家里着火了。大家转身望去，人人眼见自家房屋起火了。他们急忙赶回家，却发现不过是仙人们的把戏。直到今天，湖边还看得到挖了一半的水沟——人们对仙人不敬的印记。在离湖不远的地方，我听说了一段关于仙人掳掠人类的美丽而悲哀的旧事。讲述者是个戴着白色帽子的瘦小老妇人。她用盖尔语自说自唱，双脚交替挪动，仿佛想起了年轻时的舞步。

话说一个年轻人，黄昏时前往新婚妻子家，途中遇到一群兴高采烈的人，他的新娘也在其中。它们是仙人，刚把她拐走，要给首领做夫人。而在这个男人眼中，它们不过是一群快活的凡人。新娘看到昔日情郎，现出欢迎的样子，其实极为担心，唯恐他吃进仙人的食物而中了魔法，离开尘世进入那个没有生气的幽暗国度。因此，她安排男人坐下，跟队伍中的三个仙人打牌。他也就玩了起来，没有意识到异常，直到看见领头的人抱走了自己的新娘。他一下子跳了起来，才发现他们是仙人，因为整个兴高采烈的人群渐渐化为影子融入了夜色。他急忙赶往妻子家。临近时，哭丧女的哀号传入耳中。妻子在他赶到之前已经死去。一位无名的盖尔语诗人将此事改编成民谣。如今民谣失传了，这个戴白帽的老妇人还记得一些片段，于是唱给我听。

有时，也能听说被掳走的人会成为在世者的守护神的事，就像下面这个传说所讲的一样。这也是从鬼怪出没的池塘附近听到的，是关于哈克特城堡的约翰·柯万的事。柯万家族[①]在农民故事中传闻甚多，人们相信他们是人和神繁衍的后代。他们以美貌著称。我在文献中读到过，当今克伦柯里勋爵的母亲是他们的族人。

约翰·柯万是个出色的赛马手。一次，他带着一匹骏马在利物浦登岸，准备前往英格兰中部某地参加比赛。那天晚上，他路过码头，一个瘦削的男孩走过来，问他打算把马安置在哪里。他回答会拴在某个地方。"别放在那儿，"瘦男孩说，"那个马厩今晚会失火。"约翰·柯万就把马送到了别处。那个马厩果真烧毁了。第二天男孩过来，提出在即将举行的比赛中担任他的骑师，算是对自己的回报，随后就走了。赛马会开始了。男孩在最后一刻跑过来，翻身上马，说道："我要是用左手挥鞭策

---

① 我后来听说那不是柯万家族，而是他们居住在哈克特城堡的先辈哈克特家族。他们是人和神繁衍的后代，以美貌著称。我猜想，克伦柯里勋爵的母亲是哈克特人的后裔。很有可能，在这些故事的流传中，柯万一姓取代了更古老的姓氏。传说女神总是在她的熔炉中把种种事物都混合起来。——作者注

马，我就会输；但要是用右手，你就押上所有的钱。"给我讲这个故事的帕迪·弗林说，那是因为"左胳膊干什么都不行。假如我用左手画十字，所有的神灵，还有报丧女妖班西，诸如此类，都不会理睬我，就好像我用扫帚画的一样"。总之，瘦男孩用的是右手挥鞭，约翰·柯万赢了全场的钱。比赛结束后，约翰·柯万问道："现在我怎么报答你呢?""就一件事，"男孩说，"我母亲的房子在你的领地上——当年我从摇篮里被掳走了。请善待她，约翰·柯万，不管你的马走到哪儿，我都会关照它们没灾没病，不过你再也见不到我了。"说完，他就化为空气消失了。

　　有时候，动物也会被掳走——显然以溺水的动物居多。帕迪·弗林告诉我，在戈尔韦郡的克莱尔莫里斯，住着一个穷苦的寡妇，养着一头母牛和它的小牛犊。母牛掉进河里被冲走了。附近的一个男人就去找一个红发女人，因为人们认为长红头发的女人处理这类事很在行。红发女人告诉他，把小牛带到河边，自己再躲起来盯着。他于是照办了。天黑了，小牛哞哞地叫起来。过了一会儿，母牛沿着河边走过来，开始给小牛喂奶。这时，男人按照吩咐，抓住了母牛的尾巴。接着，他们飞快地越过篱笆和水沟，直至抵达一个王寨（由一条小沟围住的处所，通常称为山寨或堡垒，自异教徒时代始遍布爱尔兰）。他见到，寨子里面或走或坐的都是当时本村死去的人。有个女人坐在寨子边，膝盖上搂着个孩子，对他大声喊，让他记着红发女人的嘱咐。他这才想起红发女人的话，让他给母牛放血。他于是掏出刀扎进母牛的身体，放出血来。这样就破了魔咒，他才得以把母牛赶回家。"别忘了拴牛绳，"膝盖上搂着孩子的女人说，"拿里边那根。"一丛灌木上搁着三根拴牛绳，他拿起一根，把母牛顺利地赶回了寡妇家。

几乎在每个山谷或山坡，都能听到人们讲起身边有人被掳走的事情。离心湖两二英里的地方，住着一个老妇人，她年轻时就被掳走过。七年后，不知什么原因，她又被送回了家，不过脚趾全都没了。因为她跳舞跳得太多，把脚趾磨掉了。住在本布尔本山白色石门附近的人，很多都被掳走过。

在我可以列举的许多乡野地方，保持理智要比在城市中困难得多。傍晚时分，走上那些灰色的乡间道路，穿行于白色村舍旁散发出阵阵香气的接骨木丛中，眺望峰顶云雾聚合的群山，透过薄如蛛网的理性之纱，你会轻而易举地发现，那些神仙鬼怪，大小精灵，正从北面的白色方形石门里或南面的心湖中匆匆涌出。

不知疲倦的仙人

　　人生的一大烦恼，是我们无法拥有纯粹而毫无掺杂的情感。敌对者身上总有我们欣赏之处，而心爱的人身上也不乏我们反感的地方。这种纠结的情绪催人老去，使我们双眉紧锁，眼周皱纹加深。要是能像仙人那样以本心去爱或恨，我们也许就会像它们那样长生不老了。然而，在那一天到来之前，仙人们无止无休的快乐和忧伤，必定占得上它们魅力的一半。对它们来说，爱永远不会生厌，星移斗转也不能使它们的舞步停歇。白天弯腰用铁铲劳作，傍晚浑身疲惫地坐到餐桌旁时，多尼戈尔的农民们就会谈到这一点，讲上一些相关的故事，使之不断流传下来。他们说，不久以前，有两个仙人，就是那种小精灵，一个像年轻男人，一个像年轻女子，来到一户农家。它们忙了一夜，打扫灶台，将一切东西都收拾得整整齐齐。第二天晚上，它们又来了，趁农民不在，把所有的家具都搬到楼上的一个房间里，沿四壁摆开，以便显得更加有排场。然后，它们就跳起舞来。它们跳哇跳哇，日子一天又一天过去了。所有的村民都跑来看，而它们的脚完全不知疲倦。在此期间，那位农夫没敢住在家里。三个月过去了，他决心不再忍受，就去对它们说神父要来了。小精灵听到这话，也就回到自己的天地去了。人们说，在那里，只要灯芯草尖仍呈褐色，也就是说，只要上帝尚未以一吻焚毁世界，仙人的快乐就会持续不停。

不过，体会过不知疲倦的生活的并非只有仙人们。还有些凡人男女，在魔法的作用下，也许是获得了上帝赐予的精气的缘故，得以拥有了比仙人更丰富的生命和情感。看来，凡人一旦跻身仙界——在那里，永恒的美之玫瑰那可怜而快乐的花瓣，被唤醒群星的一阵阵风吹得四处纷飞——幽暗王国就认可他们天生的权利，或许有几分黯然，却会给予他们最好的礼遇。很久以前，在爱尔兰南部的一个村子里，就诞生了这样一个凡人。她躺在摇篮中睡觉，母亲坐在旁边摇着摇篮。这时，仙界的一个女人走进屋子，说这个孩子被选为幽暗王国王子的新娘。不过，在王子起初的爱情之火依然炽热时，他的妻子是万万不可衰老和死去的，所以她会被赋予仙人的生命。母亲得从炉中取出燃烧的圆木，埋到园子里。只要木头不燃尽，孩子就会活下去。母亲埋下了圆木。孩子也渐渐长大，出落成美人。仙界王子在一个黄昏前来迎娶，她于是嫁给了王子。七百年后，王子去世；另一位王子接替他的位置，也将这位美丽的农家女娶为妻子；又过了七百年，这位王子也去世了，又一位王子接替，成为她的丈夫，直到她一共有了七位丈夫。终于有一天，教区神父造访，告诉她，全教区都以她的七任丈夫和长生不死为耻。她说自己非常抱歉，但不应受到责备，随后给神父讲了圆木的事。神父径直出门，在园中挖来挖去，终于找到了圆木。人们把它烧了，女人也就死了。她得以像个基督徒一样得到安葬，人人都称心满意。另一个类似的凡人是克卢斯－娜－贝尔[①]，她对自己仙人式的长命感到厌倦，走遍天下想寻找足够深的湖以自沉。她跋山涉水，一路跃进。所到之处，她都堆起一堆石块作为标记。她最后在斯莱戈的百鸟山顶找到了世上最深的湖——小小的伊厄湖。

那两个小精灵满可以继续跳舞，圆木女人和克卢斯－娜－贝尔也不妨从此长眠，因为她们领略了无所顾忌的恨和毫无掺杂的爱，从未以"是"与"否"为难自己，也从未使双脚落入"也许"和"可能"的遗憾之网中。罡风阵阵吹来，带着她们高飞，回归自我。

[①] 克卢斯－娜－贝尔，无疑应为卡里克·贝尔，意即老妇人贝尔。贝尔、贝雷、薇拉、德拉或迪拉都是同一个极为出名的人，也许即为众神之母本身。我的一个朋友证实了自己的猜想，他发现她常去菲斯一座山上的里斯湖，又名灰湖。也许伊厄湖是我听错了，或者是故事讲述者对里斯湖的错误发音，因为有很多名为里斯湖的地方。——作者注

土、火、水

我小时候从一个法国人写的书上读到，在犹太人漂泊时，沙漠灌进了他们心中，于是造就了现代的犹太人。我不记得作者是怎么证明他们此后就成了不可摧毁的大地之子的了，不过很可能的是，各大元素都有自己的后代。如果对拜火者有比较深入的了解，我们就会发现，他们千百年的虔诚尊奉已经得到了回报，火已将自身的些许天性赋予了他们。我确信水，海洋、湖泊、雾和雨的水，也都按照自身的形象塑造了爱尔兰人。这些形象使它们永远地体现在我们的心灵中，如同在池塘中映照出倒影一样。在过去，我们全心全意地信仰神话，认为诸神无所不在。我们与神面对面地交谈，而这种交流的故事如此众多，我认为其数量超过欧洲其余所有地方的所有此类故事。即使时至今日，我们的乡村民众仍跟死者说话，还跟那些也许从未如我们所理解的死亡方式死去的人说话；即使是我们当中受过教育的人，也会很轻易地陷入沉静状态，即进入幻境。我们能够使自己的心灵这般静如止水，映出种种聚到周围的生灵的形象，并由于我们的沉静，体验一下更为澄净，乃至更为热烈的生活。智者波菲利①不是认为，一切灵魂皆因水而生，"甚至心中产生的形象也来自水"吗？

1902 年

---

① 波菲利（约 234—约 305），古罗马唯心主义哲学家，新柏拉图主义奠基人之一。

古镇

大约十五年前的一天晚上，我落入了奇境，似乎是仙人的魔力所致。

我和一个年轻人还有他妹妹，一起去找一个老农采风，兄妹俩是我的朋友兼亲戚。回家的路上，我们谈论起老农讲的故事。天黑下来，那些精灵鬼怪的故事激发着我们的想象力。不知不觉中，我们被引至半睡半醒的交界处，此处狮身人面的斯芬克斯和狮头羊身蛇尾的客迈拉张目踞坐，此处喃喃之声和窃窃私语充耳不绝。我认为我们所见到的绝非头脑清醒状态下的想象。

我们走在树木掩映、昏暗异常的路上，这时女孩看见一团亮光缓缓飘过路面。她哥哥和我则什么都没看到，再往前走还是没看见什么，直到沿河走了约莫半小时，下到一条通向旷野的小路，那里有一座爬满了常春藤的倾圮的教堂。那片废墟叫作"古镇"，据说在克伦威尔时代就焚毁了。根据我尽量回忆起来的部分，记得我们只站了几分钟，打量了会儿遍布石头、黑莓树丛和接骨木丛的旷野，突然，我看到地平线上似乎有一小团亮光，正在徐徐升上天空；然后我们看到另一些微弱的光，出现了有一两分钟；最后是一道明亮的火光，像火炬的烈焰一样闪过河面。我们看到的这种景象如此梦幻，显得这般不真实，因而此前我从未写过它，也几乎不曾谈及它，即使想到，也会因某种无端的冲动，避免去认真琢磨它。或许我觉得，对于在真实感减弱时见到的现象，其回忆必然是不可靠的。

不过，几个月前，我跟那两个朋友谈及此事，将他们有些含糊的记忆与我的比较了一番。那种非真实感变得越发神奇了，因为第二天我听到了一些声音，跟那些光一样莫名其妙，却没感觉有任何不真实，且确信自己记得清清楚楚。当时，女孩坐在一面老式的大镜子前看书，我在几码开外读读写写。突然，我听到一种声音，就像是一把豌豆撒到了镜子上。我循声望去，声音再次响起。过一会儿，我独自待在房间里时，又听到一声响动，就像有比豌豆大得多的东西扔到了我脑袋旁边的壁板上。在那之后，过了几天，另有一些景象和声音出现。在场的没有我，有女孩、她哥哥和仆人们。时而是明亮的光；时而是火光形成的字母，还没来得及辨认就消失了；看来空空的屋子里时而又响起沉重的脚步声。我们不禁好奇，是否如村民们所相信那样，住在前人旧居中的生物们，从古镇废墟中跟着我们来到这里了？还是说，它们是从林边河堤那亮光初现之处飘然而至的？

1902 年

男人和他的靴子

多尼戈尔有个怀疑论者，他从不会相信鬼魂或精灵之事。那里有座房子，根据人们的记忆，那座房子一直闹鬼。这里讲述的，就是关于鬼屋如何制服此人的故事。

这男人进屋之后，在闹鬼房间的楼下生起炉火，脱下靴子放在炉边，然后伸出脚烤起火来。他为自己的不信鬼神而得意一时。不料天黑下来没多久，各种东西都变得模糊不清，他的一只靴子动了起来。它离开地板，慢悠悠地朝门口跳了一下，另一只靴子随后做了同样的动作，接着第一只靴子又跳了一下。这就使男人猛然领悟，有个看不见的东西钻进了他的靴子里，而且这会儿正穿着它们要离开呢。靴子走到门口，慢条斯理地上了楼梯，这时男人听见它们在他头顶闹鬼的房间里咚咚地转着圈走。几分钟过后，他听到它们又下了楼梯，然后走过外面的过道，接着其中一只靴子走进房门，另一只跳了一下，越过第一只进了屋。它们径直朝男人跳过来，随后一只靴子飞起来踢了他一脚，接着另一只跟着踢了一脚，然后头一只再踢，如此反复，直到把他赶出房间，最终赶出了大门。就这样，男人被自己的靴子踢了出来，多尼戈尔惩罚了怀疑论者。那个看不见的东西是个鬼魂还是某个仙人，史无所载，不过惩罚方式之异想天开倒像是生活在幻想中心的仙人的做法。

胆小鬼

　　一天，我去看一个健壮的农民朋友，他住在本布尔本山和科普斯山那边。我在他家碰到了一个小伙子，农民的两个女儿看起来不待见他。我问怎么回事，她们说他是个胆小鬼。我就好奇起来，因为，有些被自信随性的众人视为胆小鬼的人，不过是些神经系统生得过于精细敏感，而不适应生活和工作的男女。我打量着小伙子，他却并非如此。他的脸色白里透红，身板五大三粗，跟神经过敏毫不相干。没过一会儿，他就跟我讲了他的故事。当初，他为人行事本来是随心所欲、天不怕地不怕的，直到两年前的一天发生了变化。那天，他深夜回家时，突然觉得自己落入了好像是鬼魂的世界。因为一下子，他看到一个死去兄弟的脸迎面浮现，吓得他转身就跑。他沿路跑了差不多一英里，直到看见一所农舍。他朝大门扑去，力量大到把结实的木头门闩都撞断了，人也倒在屋子里。那天以后，他便放弃了随心所欲的生活，可也成了个不可救药的胆小鬼。不管白天黑夜，他都不肯再去那张脸出现的地方看一看，常常绕出两英里以避开那里。他还说，要是只有他一个人，那么即便是"村里最漂亮的姑娘"，都没法说服他在聚会后送她回家。他害怕所有的东西，因为他见过一张任何人见到都不可能镇定自若的脸——鬼魂的诡异的脸。

三个奥伯恩和妖仙

幽暗王国里有数不胜数的好东西。那里有比人间更多的爱，有比人间更多的歌舞，也有比人间更多的珍宝。起初，人间的造就或许是为了满足人的欲望；可是现在它已变得陈旧不堪、趋于腐朽。要是我们能从别的王国窃取珍宝该有多好！

我有个朋友，去过斯莱弗里格附近的一个村子。一天，他正在一个名为"卡谢尔诺尔"的古寨旁闲逛，看见一个男人，面容憔悴，头发蓬乱，衣衫褴褛，一进古寨就在地上挖起来。朋友转向近旁一个干活的农民，打听那人

是谁。"那是第三个奥伯恩。"农民回答。几天后，朋友得
知了这个故事：异教时代，有大量的珍宝埋到了寨子里，
一些妖仙被派来看守。不过早晚有一天，宝藏要由奥伯
恩家族发现并据为己有。而在此之前，必须要有三个奥
伯恩家族的人发现财宝并死去。已经有两个人这么做了。
第　个挖呀挖呀，终于瞥见了装珍宝的石棺，然而紧接
着就有一个仿佛巨大的长毛犬的怪物从山上扑下来，把
他撕成了碎片。第二天一早，宝藏又消失了，深藏于地
下。第二个奥伯恩来了，他挖呀挖呀，终于找到了藏宝箱，
揭开盖子，看到了里面亮闪闪的金子。紧接着，他就看
到了什么可怕的景象，变得疯疯癫癫，胡言乱语的，很
快就死了。宝藏再次消失不见。第二个奥伯恩这会儿正
在挖着呢。他相信，一旦找到宝藏，自己就会以某种恐
怖的方式死去。不过那样的话，咒语就被破解了，奥伯
恩家族则永享荣华富贵，跟他们的先祖一样。

　　附近有个农民见过这些宝藏。他在草地上看见一根
野兔的胫骨，捡起来发现骨头上有个洞。透过洞望去，
他看见地下成堆的金子。他急忙回家拿铲子。可是重新
来到古寨时，他再也找不到先前发现宝藏的地点了。

德拉姆克利夫和罗西斯

从古至今，德拉姆克利夫和罗西斯都是鬼怪精灵出没之地。上帝保佑！愿它们将来仍旧如此。我在这两个地方及其附近住过多次，因而搜集到不少仙人传说。德拉姆克利夫是一片开阔的绿色山谷，地处本布尔本山脚下。山坡上有白色的方形石门，傍晚訇然大开，将仙人骑手们放入人间。非凡的圣科伦巴本人，那个山谷中许多古代遗迹当初的建造者，曾在一个重大的日子登上此山，为了在更接近天堂之处祈祷。罗西斯则是一片被海水分割的沙质小平原，矮草覆盖，宛如一块绿色的台布。

它沿着浪花翻滚的海岸铺开，位于以圆形石冢为顶的诺克纳雷山和"以鹰隼出名的本布尔本山"之间：

要不是本布尔本山和诺克纳雷山

许许多多可怜的水手都会翻了船

歌谣这样唱道。

罗西斯北端是个小岬角，满地沙子、岩石和荒草，一片萧条，时有鬼魂出没。明智的农民不会在那里的矮崖下打盹，因为醒来可能会变"傻"——被那些"好人"摄去了灵魂。若论前往幽暗王国，没有比这个鸟状岬角更现成的捷径了。因为在一座座沙斤下，目力所不及之处，原本有个深邃的洞穴，通往"黄金白银充斥，华丽厅堂密布的地方"，如今已经壅塞了。在被沙子覆盖之前，曾经有条狗贸然闯入，人们只听见它在地下深处遥远的堡垒中无助地吠叫。这些堡垒或寨子建造于现代历史开始之前，遍布在罗西斯和哥伦基尔。那座有狗吠叫的堡垒与大多数其他堡垒类似，中部有个蜂巢式的地洞。我曾经去那里探险，有个异常聪明且"好读书"的农民陪同。他在外面等着，跪在洞口边，胆怯地轻声问："您没

117

事吧，先生？"我在地下待了有一会儿，他唯恐我跟那条狗一样被掳走。

农民的恐惧不足为奇，因为围绕这座堡垒，不祥的传闻经年不绝。它处于一座小山的山脊上，山的北坡稀稀拉拉有几所农舍。一天晚上，有个农民年轻的儿子走出家门，看到堡垒燃起大火，便朝它跑去，却中了"魔法"。他跳上一段篱笆，双腿夹住，用棍子敲打起篱笆来，一心以为它是匹马，自己整夜都纵马乡间，快活之至。直到早上，他还在不停抽打篱笆。人们把他带回家，他成了个傻子，整整三年才恢复神志。不久，一个农民试图把堡垒推平，不料他的奶牛和马匹都死了，种种困厄接踵而至。终于，他被人们带回家中，从此成了废人，"每天坐在炉边，脑袋耷拉在膝头，一直到死"。

罗西斯北端往南几百码处另有一个海角，那里也有一个洞穴，只不过没有被沙子覆盖。大约二十年前，有艘横帆双桅船在附近失事，三四个渔民被安排在夜间看守废弃的船。到了午夜，他们看到在洞口的一块石头上，坐了两个戴红帽子的人，狂热地拉着小提琴。渔民们吓得逃走了。一大群村民闻讯，跑到洞穴那里去看小提琴手，可是那两个家伙已经消失得无影无踪了。

在聪明的农民看来，周围的青山绿树间弥漫着永不飘散的神秘气息。傍晚，当那位老农妇站在家门口，用她自己的话来说，"望着群山，想着上帝的仁慈"时，上帝就越发近了，因为异教的力量所在不远：往北，在以鹰隼著称的本布尔本山，白色的方形石门于日落时分訇然大开，那些狂野的非基督徒骑手冲向原野；而往南，白衣夫人，无疑即梅芙本人，入夜前在诺克纳雷山的长云下漫步。老农妇怎么会怀疑这些事情，即便神父对她直摇脑袋予以否定。不是有个牧童，在不久前还见到白衣夫人了吗？她与他擦身而过，近到裙边都碰到了牧童。"他跌倒在地，三天人事不知。"而这仅仅是关于仙境的小传闻罢了——一些细小的针脚，将我们的世界与另一个世界缝合到了一起。

一天晚上，我在 H 太太家做客，吃着她做的苏打面包。她丈夫给我讲了一个很长的故事，可以说是我在罗西斯听到的最精彩的故事了。从芬恩·马库尔① 时代到我们的年代，古往今来，很多穷人都能讲述些类似这样的历险故事，因为那些生物，那些"好人"，喜欢重复自

---

① 爱尔兰神话传说中的英雄，古老的盖尔语史诗《芬尼亚传奇》中最重要的人物。

己的行为，至少讲故事的人是这样的。"在人们惯于依靠运河出行的时代，"他说，"我从都柏林出发。船到马林加时，运河也到了尽头，我就开始步行。步行速度缓慢，人又浑身僵硬，感觉疲乏。好在有几个朋友同行。我们走一阵子，搭一阵子马车。就这样走啊走啊，直到看见几个挤牛奶的姑娘，便停下来和她们说笑。过了一会儿，我们跟她们讨些牛奶喝。'我们手边没有盛奶的器皿，'她们说，'跟我们到家里去吧。'我们便跟着到了她们家，围坐在炉边聊天。又过了一会儿，别的人都走了，只剩下我还舍不得暖烘烘的炉火。我向姑娘们要吃的。火上有口锅，她们从锅里盛出肉来，放在盘子里，吩咐我只能吃头上的肉。我吃完之后，姑娘们走了出去，便再没见到她们。天越来越黑，我还是坐着没动，不愿离开温暖的炉火。不一会儿，两个男人走进屋，抬着一具尸体。我一看见他们进来，就躲到了门后。他们把尸体穿到烤肉叉上，其中一个问同伙：'谁来转烤叉？'另一个人说：'迈克尔·H，快出来翻肉。'我浑身颤抖着走出来，开始转烤叉。'迈克尔·H，'第一个说话的人又说，'你要是把它烤煳了，我们就把你穿到叉子上。'说完他们出去了。我坐在那里，一边哆嗦一边转动尸体，直到半夜。两个人又回来了，一个说烤煳了，另一个说正好。不过争执之后，两人都说当下不会伤害我。他们坐到炉旁，其中一个嚷嚷着：'迈克尔·H，能给我讲个故事吗？''我一个故事也不会讲。'我说。他一听这话，就抓住我的肩膀，像扔石头一样把我扔了出去。那天晚上刮着狂风，我长这么大都没见过这样的夜晚——简直是上天赐予的最黑暗的夜晚。我平生第一次吓得魂飞魄散。所以，当其中一个人跟出来，拍了拍我的肩膀问'迈克尔·H，现在能讲了吗'时，我马上说'能'。他把我拎进去，扔到炉旁，说：'讲吧。''我没有别的故事，就这么一个，'我说，'就是，我正坐在这里，你们两个带来一具尸体，把它穿在叉子上，又让我转动它。''这就行了。'他说，'你可以进那个房间上床睡觉了。'二话没说，我马上照做了。第二天早上，我发现自己竟然躺在一片绿色的原野当中！"

"德拉姆克利夫"是个频繁出现预兆的地方。大鱼汛到来之前，暴风云中间就会显现一只鲱鱼桶。在一片名为哥伦基尔海岸的沼泽地，于晴朗的月夜，一艘古船载着圣科伦巴本人从海上漂来，就预示着将有大丰收。这里也会出现凶兆。若干年前，有个渔民看到著名的海布雷泽尔岛^①出现于远处的海平线上。岛上没有劳苦忧愁，也没有嘲弄讥笑，在那里，人们可以漫步于浓密的树荫下，旁听库丘林和手下英雄们交谈。然而，海布雷泽尔岛一旦出现，便预示着国难当头。

德拉姆克利夫和罗西斯遍布着鬼魂。在沼泽、路边、古寨、山坡和海边，它们以各种形状麇集：无头女子、披甲男人、幽灵兔、火舌犬、尖叫海豹，百怪千奇。不久前，有只尖叫海豹弄沉了一艘船。德拉姆克利夫有一处非常古老的墓地。《四大师编年史》中有这样一段记载，一位名叫德纳达克的士兵，死于 871 年："一位科恩家族的忠诚士兵长眠于德拉姆克利夫的榛木十字架下。"不久以前，有个老妇人晚上到教堂墓地去祷告，看见一个披甲男人站在面前，问她要到哪里去。当地的智者说，那就是"科恩家族的忠诚士兵"，他怀着昔日的忠诚守护着墓地。在这一带还常见一个古老的习俗，那就是在幼儿夭折之际在门阶上洒鸡血，（人们相信）这样一来，就可以吸走过于虚弱的灵魂中的恶煞。血是吸收恶煞的利器。据说进入堡垒时，要是在石头上擦伤了手，可是非常危

---

① 传说中位于爱尔兰西部大海中的神秘岛屿，被大雾笼罩，每七年才会出现一次，而且每次出现的位置都不一样。

险的。

在德拉姆克利夫或罗西斯，最怪异的鬼魂非沙锥莫属。在我熟悉的一个村子里，有所房子后边有丛灌木。由于某些原因，我还是不说清它的位置是位于德拉姆克利夫、罗西斯、本布尔本山坡，还是诺克纳雷山周围的平原为好。关于这房子和这树丛流传着一段旧事。曾经有个男人住在那里，他在斯莱戈的码头上捡到一个小包，里面装了三百镑的钞票。那是一个外国船长丢失的。咱们这人明知此事，却一声不吭。这钱是运费，船长不敢面对业主，中途投海自尽了。事后不久，咱们这人也死了。他的灵魂无法安息。总之，男人昧下运费而翻修得高大气派的房子周围总能听见奇怪的声音。一些现仍在世的人当时常常看到，他妻子到房后园子里对着树丛祈祷，因为她亡夫的鬼魂不时在那里出现。树丛至今犹在，它一度是树篱的一部分，现在则孤零零地立在那里，因为没人敢对它动用铁铲或剪刀。至于奇怪的响动和说话声，直到几年前才停歇。当时，人们正在维修房子，一只沙锥从坚硬的泥墙中钻出来，飞走了。邻居们说，捡钱人不得安宁的灵魂终于解脱了。

我的祖辈和亲戚在罗西斯和德拉姆克利夫附近居住

了许多年。可是往北几英里,我就完全陌生了,什么都无从发现。当我打听仙人故事时,人们的回答跟一个女人跟我说过的大同小异。那女人住在本布尔本山面海一侧山脚的一座白色石头堡垒里——那是爱尔兰少有的石头堡垒之一。她说:"他们过他们的日子,我过我的。"因为议论那些家伙是危险的。只有跟你存在个人交情,或者认识你的祖辈,他们才会打消顾忌说一说。我的朋友"可爱的竖琴弦"(在此我只提他的爱尔兰绰号,以免收税官找麻烦),有本事让嘴巴最严的人无所不谈。不过,他常向私酒贩子提供自产谷物。此外,他祖上有位伊丽莎白女王时代的盖尔人术士,大名鼎鼎,能召唤"鬼魂",因此,他也就拥有了一种天然的权利,打听异界所有生物的事情。它们差不多都跟他沾些亲——如果人们关于术士血统的流行说法不假的话。

贵人的厚实头骨

一

　　一次，在埋葬着诗人埃吉尔[①]的墓地，一些冰岛农民发现了一个异常厚实的头骨。头骨的非凡厚度使他们相信，这必定是个非凡的人物，无疑是埃吉尔本人。为了加倍确认，他们把头骨按到墙上，用锤子使劲砸。砸到的地方呈白色，但并没有破碎。他们便因此深信这的确是诗人的头骨，值得最高的礼遇。在爱尔兰，我们跟

---

① 埃吉尔·斯卡拉格里姆松（约910—990），维京时代冰岛著名的吟游诗人。

冰岛人（或我们所称的"丹麦人"），以及其他斯堪的纳维亚国家的所有居民，都具有深厚的血缘关系。在我们的一些山区、贫瘠地区以及海滨村庄里，依然采用类似冰岛人检验埃吉尔头骨的方式相互检验。这种习俗可能源自古代的丹麦海盗。罗西斯人告诉我，丹麦海盗的后裔仍然记得其先辈曾经在爱尔兰拥有的每处原野和山丘，也能够跟任何当地人一样描述罗西斯。有个海滨地区名为拉夫利，那里的男人长着蓬乱的红胡子，从来不刮脸或修剪胡须。那里争斗总是不断。我就见过他们在划船比赛中起了冲突，以盖尔语大喊大叫之后，又操起船桨互殴。第一只船搁浅了，于是船上的人动用长桨乱打一通，以阻止第二只船经过，结果却把胜利送给了第三只船。一天，斯莱戈的人说，有个拉夫利人在斯莱戈接受审判，因为他在争吵中砸了一个人的头骨。他的辩解在爱尔兰无人不知。他说有些人的脑袋就是那么薄，你不可能为打破它们而负责。他转过身，极其轻蔑地望着起诉他的律师喊道："那小子的脑袋，只要敲一下就会跟鸡蛋壳似的碎掉。"他又转而对法官大人满脸堆笑，谄媚地说道，"不过阁下您的头呢，就得十天半月才砸得开。"

二

　　这一人段是我在几年前记下的，出自更早些时候的回忆。不久前我去了拉夫利，发现它和其他荒凉之地非常相似。我可能想的是更加荒芜的莫夫罗。毕竟一个人童年的记忆总是脆弱的，未必可靠。

1902 年

水手的信仰

　　每当伫立于船桥，或从甲板室向外眺望时，船长往往都在思索着上帝和世界。在远处山谷那边的麦田和罂粟地里，人们很可能忘却一切，只知阳光洒在脸上的温暖和树篱下惬意的阴凉。而在风暴和黑暗中航行的人，却必须思索再思索。几年前的七月，我跟莫兰船长在"玛格丽特号"上共进晚餐，这是一艘不知从何处驶进一条西部河流的船。我发现船长的很多想法都极富个性，对待水手的路数也很特别。他以海员的独特方式谈论上帝和世界，话语处处迸发着他那行业特有的坚强力量。

"先生，"他说，"你听过船长的祈祷词吗?"

"没有。"我说，"是什么样的?"

"就是——"他回答说，"主啊，赐我以沉着镇定。"

"那是什么意思呢?"

"意思是，"他说，"就算哪天夜里他们跑来，叫醒我说'船长，船在下沉'，我也不会让自己慌了神。您瞧，先生，我们是在大西洋上，我正站在船桥上，三副一脸绝望地跑过来说:'船长，我们全完了。'我就会说:'你入这行的时候，不知道每年都有一定比例的船会沉没吗?''知道，先生。'他回答。我又说:'给你的不就是沉没钱吗?''是的，先生。'他回答。我就说:'那就像爷们儿一样沉下去吧，你这该死的家伙!'"

关于天堂、人间和炼狱的密切关系

在爱尔兰，人间跟我们死后要前往的世界相隔并不远。我听说有个鬼魂，在一棵树上待了很多年，后来又在一座桥的拱道里住了很多年。我常提到的梅奥老妇人说："在我家那边有丛<u>灌</u>木。人们确实都在说，有两个灵魂在树<u>丛</u>下面苦修。风从南面吹来时，一个灵魂有了遮挡；而风从北面吹来时，另一个有了遮挡。为了遮风挡雨，他们在树丛下扎根，把树都拉扯得走了形。我不相信这个说法，但是许多人晚上都不敢从那里经过。"确实，有些时候，这两个世界是如此接近，以至看起来我们人间的财产不过是另一个世界物品的影子。我认识一位女士，有一次她看到村子里有个小孩穿着拖地的长衬裙跑来跑去，就问小孩怎么不把衬裙剪短点。"这是我奶奶的。"孩子说，"你想让她在那边穿着刚到膝盖的衬裙到处走动吗？她死了才四天哪。"我读过关于一个女人的故事，说她的鬼魂缠上了家人，因为他们给她做的寿衣太短，以致炼狱的火灼伤了她的膝盖。农民们指望着坟墓那边的房子就像人间的家，只不过那儿的茅草屋顶永远不会漏雨，白墙也永远不会变得灰暗，牛奶场永远不会缺乏优质的牛奶和黄油。而地主、经纪人或税官会时不时地上门要饭，以显示上帝如何将好人与坏人区别对待。

1892 年、1902 年

吃宝石者

有些时候，一旦中断日常爱好，暂时忘却碌碌不息，我就做起白日梦来。所梦时而模糊不清若隐若现，时而鲜明真实栩栩如生，如脚下的物质世界一般。无论模糊还是清晰，它们从不受制于我的意志。它们有自己的意愿，上天入地到处游走，随心所欲恣意变化。有一天，我隐约看到一个巨大的黑坑，周围围着一道矮墙，墙上遍坐数不清的猿猴，吃着手中的宝石。宝石闪烁着或青碧或深红的光芒，众猿不知餍足地啃咬着。我知道，我看到了凯尔特人的地狱，也是我自己的地狱，艺术家的，以及所有对美丽奇妙之物穷追不舍之人的地狱。这些追逐者渴求过甚，以致心境失去平和，形容唯余憔悴，变得丑陋而平庸。我也见过其他人的地狱。在一处地狱里，我看到一个阴间彼得。他黑面白唇，使用一个奇异的双刻度天平称量一些无形鬼魂所做的事，不仅称所作之恶，也称未行之善。我看得见天平的臂上上下下摆动，却看不见鬼魂，我知道它们就簇拥在彼得周围。还有一次，我看到许多奇形怪状的魔鬼，像鱼的、像蛇的、像猿的、像狗的，围着一个黑坑——跟我自己地狱里的那个类似——坐在那里看月亮。月亮犹如天堂的倒影，在坑的深处幽幽放光。

山间圣母

我们小时候说起距离时，并不说到邮局那么远，或者到肉店或杂货铺那么远，而是用树林中被覆盖的水井或者山里的狐狸洞穴来计量。那时，我们属于上帝，属于上帝的创造，属于从古代流传下来的东西。即使在山上的白蘑菇间见到天使闪亮的双脚，我们也不会大为惊奇，因为在那些日子，我们懂得巨大的绝望和无边的爱——一切永恒的情感；然而现在，拖网缠住了我们的双脚。

吉尔湖往东几英里的地方，有个信仰新教的年轻姑娘，人长得很美，身穿蓝白相间的漂亮衣裙，在山里的蘑菇丛间漫步。我收到她的一封信，讲述她如何遇到一群孩子，并被他们当成了梦中的人。孩子们刚看到她时，似乎十分害怕，一下子就趴到了灯芯草地上；过了一会儿，又有几个孩子过来，他们才站起来，壮着胆跟着她走。她注意到孩子们的畏缩，便马上站住了，朝孩子们伸出双臂。一个小女孩扑进她怀里叫道："啊，你就是从画上走出来的圣母！""不对，"另外一个孩子也凑过来说，"她是个天仙，因为她身上有天空的颜色。""不对。"第三个孩子说，"她是从洋地黄里长大的仙女。"然而，其他孩子宁愿相信她就是圣母，因为她的衣服颜色跟圣母的一样。身为新教徒、心地善良的姑娘深感不安，她就让孩子们围坐到身边，尽力向他们解释自己是谁，但他们完全不相信。眼见解释毫无作用，她就问他们听没听说过基督。"听说过，"一个孩子说，"但我们不喜欢他。要不是圣母的缘故，他会杀掉我们的。""请告诉他要对我好点。"另一个小声对她说。"我们的人不会让我接近他的，因为爸爸说我是个魔鬼。"第三个喊道。

她用了很长时间，给孩子们讲基督和使徒们的故事，不过最终被一个拄杖而来的老妇人打断了。老妇人以为她是传教士一类的人，正在大胆地招揽皈依者，就把孩子们赶开了，尽管孩子们解释说，她是伟大的天后，只是到山间来散步，对他们也很好。孩子们走后，这位姑娘便继续漫步。走了大约半英里，那个被称作"魔鬼"的女孩从路边的高渠上跳下来，说要是她穿着"两条裙子"，就相信她是"一个普通女士"，因为"女士总是穿两条裙子"。看到"两条裙子"，女孩垂头丧气地走了。可是几分钟后，女孩再次从渠上跳下来，生气地喊："我爸爸是魔鬼，我妈妈是魔鬼，我也是魔鬼，而你只是个普通的女士。"然后又朝她扔了一大把沙土和卵石，哭哭啼啼地跑了。我们这个美丽的新教徒回到家里时，发现阳伞上的流苏被自己弄丢了。一年后，她偶然又到那座山上，不过这次穿的是条朴素的黑裙子。她又遇到了那个初见时说她是"从画上走出来的圣母"的孩子。她看到孩子脖子上挂的流苏，就说："我是你去年遇到的女士，给你讲过基督的。""不，你不是！不，你不是！不，你不是！"孩子气冲冲地答道。毕竟，把流苏丢到孩子脚边的，不是我们这个美丽的新教徒，而是玛利亚，她是海洋之星，仍然行走在群山之上、大海之滨，悲悯忧伤，仪态万方。人类的确应当向这位和平之母、梦想之母和纯洁之母祈祷，请求她再给人们留点时间来行善与犯错，以及看古老的时光念诵星辰的玫瑰经。

黄金时代

不久前我乘火车来到斯莱戈附近。上次到那里时我遇到了麻烦，因此我非常想从那些生灵或无形的思绪，乃至任何栖居于精灵世界的生物那里得到一丝启示。启示终于到来了，一天晚上，我清清楚楚地看到一只黑色的动物，像黄鼠狼，又像狗，在一堵石墙顶上爬走，不一会儿就消失不见了；另一边又来了只形似黄鼠狼的白狗，粉色的皮在白色的毛下闪亮，浑身发光。我就想起一个关于两只仙犬的有趣的说法：它们四处走动，分别代表白天与黑夜、善与恶。这个绝好的兆头使我感到欣慰。不过现在，我非常想得到另一种性质的启示。而机缘，如果有机缘的话，果真带来了启示——一个男人走进车厢，拉起一把小提琴来。提琴显然是用旧鞋油盒子改造的。尽管我对音乐一窍不通，琴声还是令我的心中充满了强烈的情感。我似乎在聆听来自黄金时代的悲叹。琴声告诉我，我们不完美，有缺陷，不复如一张织工精美的网，而更像一团弃于一隅的杂乱纠结的麻。琴声说，世界曾经尽善尽美，而这个尽善尽美的世界尚在，只是如一丛玫瑰被掩埋在了厚厚的沙土之下。仙人和相对纯洁的灵魂居于其间，他们在风中苇丛的叹息里，在群鸟的啼叫里，在浪涛的呜咽里，在提琴如怨如慕如泣如诉的音乐中，为我们这个堕落的世界哀痛不已。琴声说，至于我们，美丽者不聪明，聪明者不美丽，我们最美好的时刻被少许粗俗玷污，或被凄凉的回忆刺破，而小提琴必定永远为这一切悲歌。琴声说，唯有生活于黄金时代的人们死去之时，我们方有可能获得幸福，因为种种悲声从此才会停歇。但是唉，唉！它们必定继续悲歌，而我们必定继续哭泣，直到永恒之门訇然大开。

列车缓缓驶入巨大玻璃屋顶下的终点站。小提琴手收起他的旧鞋油盒子，举起手上的帽子讨要硬币，然后开门默然离去。

精灵鬼怪性情恶化，苏格兰人难辞其咎

对仙人的信仰不只在爱尔兰仍然存在着。就在几天前，我听说，有个苏格兰农民认为自家门前的湖里有匹水马出没。他觉得害怕，就用网打捞，后来又试图把水抽干。要是水马真被他找到了的话，恐怕不会有好下场。如果是个爱尔兰农民，早就接受这个生物的存在了。因为在爱尔兰，人们与精灵之间具有一种小心翼翼的温情。他们只在合理的情况下互不相让，但都承认对方是有情感的，有一些界限双方都不会越过。没有一个爱尔兰农民会像坎贝尔讲的男人那样对待捉到的仙人。那男人抓

到一个水妖，把她拉到马上，绑在自己身后。水妖猛烈挣扎，他就用锥子和针扎她，逼她安静下来。他们走到一条河边，水妖因害怕过河而变得十分躁动不安。男人又用锥子和针扎她。她叫道："用锥子扎我吧，但别让那细长的、像头发一样的奴隶（她指的是针）碰我。"他们到达一家客栈。男人拎起提灯照向水妖，她当即像颗流星似的坠地，化作一团胶状物，就这么死了。爱尔兰农民也不会像一首苏格兰高地歌谣里描述的那样对待仙人。有个仙人爱上了一个常去仙人所在山坡割草的小女孩。每天，仙人从山里伸出手，递给她一把施过魔法的刀。女孩就用那把刀割草。刀被加上了魔法这事没持续多久。女孩的兄弟们纳闷，她干活怎么那么快。最后，他们决定去看看。他们看到地面伸出一只小手，小女孩从这手中接过一把刀。草被割光时，他们看到，她用刀把在地上敲了三下，小手便又从山里伸出来。几兄弟从女孩手中抢过刀，一刀砍断了那只手，仙人从此再没出现。像歌谣里所述，他把流血的手臂收回地里，认为是女孩的背叛导致他失去了手。

　　苏格兰人，你们过于沉迷神学，过于阴郁了。你们把魔鬼都逼得虔诚起来。"你住在哪里，夫人？牧师还好吗?"根据审判供词，魔鬼在大路上遇到女巫时就这么问候。你们烧死了所有的女巫。在爱尔兰，我们一直对她们听之任之。确实，1711 年 3 月 31 日在卡里克弗格斯镇，"虔诚的少数派"用卷心菜头将一个女巫的一只眼睛砸了出来。然而当时，"虔诚的少数派"半数为苏格兰人。你们认为仙人属于异教、是邪恶的，恨不得把它们通通送上法庭。在爱尔兰，骁勇善战的凡人加入仙军，助其一臂之力。作为回报，仙人教给人们使用药草的非凡医术，还允许一部分少数人欣赏它们的音乐。卡罗兰①曾在仙人的寨中过夜。从那以后，仙乐始终在他的心中回荡，使他成为伟大的音乐家。在苏格兰，你们在布道台上谴责仙人们。而在爱尔兰，神父一直允许它们向其咨询灵魂问题。不幸的是，神父认定它们没有灵魂；在最后审判日，它们将像明亮耀眼的水汽一样蒸发。说到这个，神父们更多地感到悲哀而非愤怒。天主教乐于与邻人们友好相处。

这两种看待事物的不同方式，影响了这两个地区的精灵鬼怪的世界。想看它们快乐而优雅地行事，你得去

———

① 特洛·奥·卡罗兰（1670—1738），爱尔兰盲人竖琴演奏家、作曲家，被认为是最后一位吟游诗人。

爱尔兰；想看它们做出种种恐怖行为，就要去苏格兰。
我们爱尔兰的仙人做恐怖的事，是为了让人相信它们的
力量。如果一个农民误入一所中了魔法的破房子，被迫
整夜在炉前转动烤肉叉上的尸体，我们并不担忧。我们
知道他将在绿色的原野中醒来，破旧的外套上挂着露珠。
在苏格兰，情形则截然不同。你们恶化扭曲了精灵鬼怪
的善良本性。赫布里底群岛的风笛手麦克里蒙肩扛风笛，
走进海边一个洞穴大声吹奏，身后跟着他的狗。过了很
长一段时间，人们还听得到风笛声。他想必走进里面将
近一英里了，这时人们听到打斗的响动。接着，风笛声
戛然而止。过了一阵子，狗从里边跑出来，皮被剥光，
连吠叫的力气都没有了。它的主人再也没有走出洞穴。
还有一个传说，人们认为一个湖里沉有宝藏。有个男人
就潜下去，看见一只巨大的铁箱。紧挨箱子趴着一只怪
物，它警告男人从哪里来就回哪里去，男人便浮出水面。
但看热闹的人听说他看到了宝藏，就怂恿他再回去，他
于是又潜下了水。不一会儿，他的心和肝漂了上来，染
红了湖水。他身体的其余部分再没人见到。

　　这些水妖、水怪在苏格兰民间传说中屡见不鲜。我
们也有，但远没有这么可怕。我们的故事把它们的所作

所为全都说成善良的、美好的，要不就不留情面地调侃
这些生物。斯莱戈河里的一个洞中有这么一只怪物，很
多人都虔诚地相信它的存在，但这并不妨碍农民们以此
事开玩笑，围绕它编些离奇古怪的故事。小时候，有一
天，我到怪物洞钓康吉鳗。回家时，我肩上扛着一条大
鳗鱼，鱼头耷拉在我身前拍打着，鱼尾在我身后拖到地
上。我遇到一个认识的渔民，于是我就编了个大康吉鳗
的瞎话，说它比我扛的这条大三倍，但挣脱钓鱼线跑了。
"就是它。"渔民说，"你听说过它是怎么让我兄弟背井离
乡的吗？我兄弟是个潜水员，给港务局找石料的。有一
天，那条怪鱼游向他，问道：'你找什么？''石头，先生。'
我兄弟回答说。'你最好还是滚远点吧。''好的，先生。'
我兄弟回应道。这就是我兄弟离开家乡的原因。大家都
说是因为他太穷了，其实根本不是。"

　　你们——你们永远不会与火、土、空气和水各元素
的精灵达成任何协议，你们已经将黑暗树为了你们的敌
人。我们——我们却能与另一个世界以礼相待。

战争

不久前，有传闻即将与法国开战时，我遇到一个贫穷的斯莱戈妇女，她是一个士兵的遗孀。我刚收到一封寄自伦敦的信，就给她念了一句："这里的人们都疯狂地想打仗，但法国似乎倾向于和平解决争端。"大概是类似的话。于是，她头脑中涌现出大量关于战争的事情，有些是根据从士兵们那里听到的消息想象出来的，有些是从1798年的起义推想到的。不过，"伦敦"这个词使她兴趣倍增，因为她知道伦敦人口众多，她自己就在"一个拥挤的地区"住过。"伦敦实在是人挤人。他们对世界越来越厌倦，情愿死在战场上。这倒没有问题。但可以肯定的是，法国人只想过和平安宁的日子。我们这里的人并不在乎是否开战，因为怎样也不会比现在更糟了。英勇地在上帝面前死去，就肯定能在天堂里有个容身之所。"接着她说起，看到儿童在刺刀上挣扎，实在让人太痛苦了，我知道她是想起那次大起义了。过了一会儿，她说："我就没见过一个人，打完仗还乐意提起。他们更愿从草垛上往下挑干草。"她告诉我，她年轻的时候，常常跟邻居们坐在炉边，议论即将发生的战争。而现在，她担心战争又要来了，因为她梦见整个海湾"到处都是海草"。我问她，是不是在芬尼亚运动时期她才那么担心战争来临。她大声说："我从没有像在芬尼亚运动时期那么快活。那时，我住的房子里常待着一些军官。白天我会跟在军乐队后面走，晚上我会到花园尽头看热闹。在屋后空地上，总有个穿红外套的士兵训练芬尼亚组织的成员。一天晚上，那些坏小子把一匹三个星期前死的老马的肝拴到我家门环上，我早上开门时发现的。"聊了没多久，话题从战争转移开了，不知不觉说到了黑猪之战。在她看来，这是爱尔兰和英格兰打的一仗；而我觉得，它就像是末日决战，使万物灭亡，重归原始的黑暗之中。

由此我们又谈及关于战争和复仇的谚语。"你知不知道，"她问，"'四代人'的诅咒是什么？他们用矛挑起小男孩，有人就对他们说：'你们将在第四代得到诅咒。'所以疾病或者其他坏事等总是降临于第四代人身上。"

1902 年

女王与愚人

　　赫恩是个巫医，住在克莱尔郡和戈尔韦郡交界处。我听他说过，仙人的每个"家庭"中，都有"一个女王和一个愚人"，要是你被仙界其他仙人"触碰"到可能还有救，要是被这两位其中任何一个"触碰"到就没治了。他说，愚人"可能是群体中最聪明的"，还说他穿得像个"四处游荡的戏子"。后来，有个朋友为我搜集了几个关于愚人的故事，我听说他在高地也很有名。我记得在离我现在写作之处不远的地方，曾看到一个又高又瘦、衣衫褴褛的男人，坐在一个老磨坊小屋里的炉边。有人告诉我他是个愚人。我从朋友搜集的故事中发现，人们相信，他在睡梦中会进入仙界。但至于他是否变成阿马丹－纳－布里纳，即属于某个仙人家族的仙寨愚人，我就不确定了。我熟悉的一个老妇人，曾经亲身进入过仙界，也说到过愚人。她说："仙人中间有愚人。我们见到的愚人，比如那个巴利里的阿马丹，晚上会去加入它们；女愚人也一样，我们管她们叫奥因斯奇（猿）。"一个妇女，克莱尔郡边界那个巫医的亲戚，能用咒语给人和牛治病。她说："有些是我治不了的，我无法帮助任何被仙寨的女王或愚人触碰的人。我认识一个女人，看见过女王一次，女王的样子跟一般基督徒没什么两样。我从没听说什么人看见过愚人，除了一个女人，她在戈特附近赶路，突然大叫了起来，'仙寨愚人在跟踪我！'她的同伴尽管什么都看不见，也跟着大叫起来。我想愚人是被叫声吓跑了，所以女人没受到任何伤害。她说，愚人看着像个高大强壮的男人，身体半裸。关于愚人，她说的就只有这么多了。女王和愚人我从没亲眼见过，但我是赫恩的堂妹，我叔叔已经离开二十一年了。"

老磨坊主的妻子说："据说他们大多数时候都是好邻居，但愚人的触碰是无药可治的。不管什么人，碰着就

完了。我们管他叫阿马丹－纳－布里纳!"有个住在基尔
塔坦沼泽的穷困老妇人说:"确实是这样,被阿马丹－纳－
布里纳触碰到就没法治了。很久以前,有个我认识的老
人,他有一卷尺子,用尺一量,就说得出你得了什么病。
他懂的东西很多。有一次他问我:'一年中哪个月份最
差?'我说:'当然是五月。''不是,'他说,'是六月,因
为那是阿马丹触碰人的月份!'人们说阿马丹看起来跟别
的男人一样,只是体型宽些,样子显得笨一点。我认识
一个男孩,有一次被吓坏了,因为一只长胡子的羊羔隔
着墙头盯住他,而他知道那是阿马丹,因为当时是六月。
人们就带男孩去找我说的那个人,有卷尺的老人。老人
看到他就说:'去请神父来,给他做个弥撒。'人们就照
着做了。你猜怎么着,他现在还活着呢,都成家啦!有
个叫里甘的人说:'他们啊,是另一种人,可能挨着你走
过去,也有可能触摸到你。但谁要是被阿马丹－纳－布
里纳摸到,那就完蛋了。'千真万确,六月份他最有可能
出来摸人。我认识一个被触摸过的人,他亲口跟我说了
这件事。他是个我相熟的男孩。他告诉我,有一天晚上,
一位绅士来找他,此人是他死去的地主。绅士让男孩跟
着走,想让他去跟另外一个人打一架。去了之后,男孩

发现是两大帮仙人，另一帮里也有个活人，而男孩被安排跟那个活人打架。两人打得难解难分，最后他占了上风。于是，他这一方欢呼雷动，他也被放回了家。不过三年之后，他正在树林里砍灌木枝，只见阿马丹朝他走来。这愚人抱着个大罐子，闪闪发光，晃得男孩什么都看不清。而愚人这时把罐子放到背后，朝男孩跑了过来。男孩说他看上去野性十足，气势逼人，就像一座山一样。男孩撒腿就逃，愚人把罐子朝男孩扔过来，一声巨响，罐子破了。不知什么东西从里面倒了出来，男孩当下就不省人事了。后来男孩没活多久，死前给我们讲了很多事，但头脑已经不灵了。他认为，仙人可能并不希望他打败另一个人。因此，他常常担心自己会出什么事。"

戈尔韦一家救济院里有位老妇人，对梅芙女王略有所知，前些日子说："阿马丹－纳－布里纳每两天就变一次形。他有时变得像个年轻人，有时又会变得像最凶残的野兽，总是企图触摸到人。我听说他后来被射杀了，不过我觉得，要射中他可不容易。"

我认识一个男人，他努力想象着安格斯的形象。安格斯是古爱尔兰神，专司爱情、诗歌和狂喜，曾经将自己的四个吻化为鸟儿。突然间，这人的脑海里浮现出一个头戴帽子、手持铃铛的男人形象，栩栩如生，还开口说了话，自称是"安格斯的信使"。我还认识另一个男人，是个真正了不起的先知，曾在一个幻象的园中看见一个白衣愚人。园子里有棵树，树上长着孔雀羽毛而非枝叶。树上的花蕾被白衣愚人用鸡冠帽子一碰，就会绽放成小小的人脸。还有一次，他看见一个白衣愚人坐在池塘边微笑着看许多美丽女子从水池中翩翩升起。

　　除了意味着智慧、力量和美貌的开端，死亡还能是什么呢？或许愚蠢也算一种死亡。我认为，要是很多人都能在"每个仙人群体"中看到一个愚人，抱着闪亮的容器，里面装着就凡人头脑而言过于强大的魔法、智慧或梦境，这可不是什么好事。当然了，每个仙人群体山都有个女王，而极少听说国王，因为，女人比男人更容易获取那种智慧，那种古老民族以及所有野蛮民族甚至如今都视为唯一的智慧。自我是我们知识的基础，愚蠢将其打得粉碎，女人突发的情绪将其遗忘殆尽。因此，对于神圣性在苦旅终点发现的感悟之很大部分，愚人可能瞥见，而女人必定瞥见。目睹过白衣愚人的那个男人跟我说起一位女七（并非农妇）："我要是有她的幻视能力，就能得知众神的全部智慧了，而她对自己的幻视并不感兴趣。"我还知道另一个女人（也不是农妇），她能在睡梦中进入一些美丽非凡的国度，可她只顾忙于家务和孩子而始终心无旁骛。不久，有个草药师自称治好了她。我认为，智慧、美丽和力量也许有时归于那些即生即灭的人，虽然他们的死可能与莎士比亚所说的截然不同。战争在生者和死者之间延续，爱尔兰的故事则不断将其作为主题。故事会说，当马铃薯、小麦或产自大地的任何果实腐烂了，它们便在仙界成熟了；当汁液在树木中滋长，我们的梦就失去智慧；我们的梦会使树木枯萎；有人在十一月听到仙界羊羔的咩咩声；失明的眼睛能比正常人的眼睛看到的更多。由于人们总是对这些或者类似的说法深信不疑，所以墓室和荒野绝不会长久空虚，否则，这个世界的情侣们便不会懂得如下的诗句 [①]——

> 你是否听见那甜蜜的话语
>
> 在缭绕天堂的吟唱中？
>
> 你是否听说过死去的灵魂
>
> 在狂喜的世界中苏醒？

---

① 这些诗句节选自雪莱所作的《罗萨林与海伦》，文字稍有不同。

肢体相互纠缠时的热恋，

生命之夜分裂时的睡眠，

固守世界幽暗边缘的思想，

心上人一展歌喉时的音乐，

就是死亡？

1901 年

仙人的朋友

　　那些最常看见仙人的人，也拥有最多的仙人智慧。他们通常非常贫穷，但通常也被认为拥有超乎常人的力量。就好像一个人越过了恍惚的界限，到达美好的水滨，在那里梅尔顿[①]看到羽毛凌乱的鹰沐浴后重返青春。

　　有个叫马丁·罗兰的老人，住在离戈特不远的沼泽附近。他从年轻时起就经常看到仙人，进入晚年后更是屡屡目睹，不过我认为他算不上仙人的朋友。他去世

---

　　①　凯尔特神话传说中经历探险奇遇的航海勇士。

前儿个月时告诉我，"它们"晚上会用爱尔兰语朝他大喊大叫，还吹笛子，不让他睡觉。他问一个朋友该怎么办，朋友让他买支长笛，等仙人一叫喊或奏乐就吹响长笛，它们说不定就不会骚扰他了。他依计而行，果然笛子一响，仙人们总是落荒而逃。他给我看了笛子，还吹了一下，弄出呜的一声来，可是吹不成曲调。然后，他又带我看了房子原来是烟囱的地方，他之所以将烟囱拆掉，是因为有个仙人常坐在上边吹笛子。一个他和我共同的朋友不久前去看他，因为她听说有"三个仙人"告诉老人，他大限已近。老人说，它们提醒之后就走了。孩子们（我猜是仙人"掳走"的那些孩子）本来常随着仙人来，跟它们在房子里玩耍，也都"去了别的地方"，因为"可能觉得屋里冷得受不了吧"。他讲完这些事，一周后就去世了。

邻居们说不准他年老时是不是真的看到过什么，但他们一致肯定，他年轻时是看到了一些东西的。老人的兄弟说："他毕竟老啦，见到的那些东西都是想象吧。他要是年轻，我们或许还能相信他。"但是他不好好过日子，跟兄弟们始终处不来。有个邻人说："可怜的人，他们现在说仙人多半都是他想象出来的，但二十年前他可是精神得很。那天晚上，他眼见仙人聚成两队，就像一些年轻的姑娘走到一起似的。就在那个晚上，它们掳走了法伦家的小女孩。"接着，她给我讲法伦家的小女孩怎么出的事，是怎样碰到一个"满头红发如银子般闪亮"的女人而被掳走的。另一个邻人，她自己就曾进入仙人古堡而被一个仙人"扇了耳光"。她说："我相信他所见到的多半属于想象。昨天晚上他站在门口时，我告诉他'我耳朵里真就老是有风，响个不停'，好让他知道他也是耳鸣。可是他说：'我听到仙人不停地唱歌奏乐，还有个仙人后来拿出一支小笛子吹给其他仙人听。'这个我知道，他说老有仙人坐在上面吹笛子，就把烟囱拆掉了。他还搬得动石块，他可是个老人哪，我年轻力壮时都搬不动。"

一个朋友从乌尔斯特给我寄来一份材料，是关于一个老妇人的，她跟仙人之间有着真正的友谊。事情记录准确，因为在我得知之前，朋友听说了这个老妇人的故事。她请老妇人又讲了一遍，并马上记了下来。朋友先告诉老妇人，自己不喜欢单独待在家，因为害怕鬼魂和仙人。老妇人说："小姐，仙人一点都不可怕。我自己就跟一个仙人或者仙人之类的女人说过许多次话，她跟凡人没有任何差别。在我年轻的时候,她常去你外祖父家——得说是你母亲的祖父家。不过你应该听说过好多她的事。"朋友说,的确听说过她的事,但那是很久以前了,所以想再听听。老妇人也就接着说:"好吧,亲爱的。我最初听人说起她来,是你舅舅——得说是你母亲的舅舅——约瑟夫结婚,为妻子盖新房子的时候。他先是把妻子带到他父亲家,在湖边。我父亲带着我们住在离盖新房子的地方很近的坡上,看得见盖房的人们。我父亲是个织工,织机什么的都放在旁边的小屋里。新房子地基已经标出来,石料躺在近旁,但泥瓦匠还没到场。一天,我跟母亲一起站在自家门外,看见一个漂亮娇小的女人穿过原野跨过小溪朝我们走来。我那时还是个小丫头,东跑西颠地游戏玩耍,但我对她印象很深,好像现在还在眼前似的!"朋友问这个女人的衣着如何,老妇人说:"她披着灰色斗篷,穿着绿色羊绒裙,头上系条黑色丝巾,就像那时乡村妇女常见的打扮。"朋友问:"她个头有多小呢?"老妇人答道:"嗯,现在想起来,她其实一点都不矮,只是我们都叫她小个子女人。她比很多人都高大,但也不是高个子。她看起来三十岁上下,褐色头发,圆脸。样子像你外祖母的妹妹贝蒂小姐。而贝蒂跟姐妹们都不像，既不像你外祖母，也不像其他姐妹。
贝蒂的脸圆圆的，气色红润。她没有嫁人，也永远不会
接受任何男人。我们常说，小个子女人——她长得很像
贝蒂——说不定是贝蒂家的人，只是还没长大就被掳走
了，所以她总是跟着我们，给我们一些警告和预言。这
回，小个子女人径直向我母亲站着的地方走过来。'马上
去湖边！'——就这么命令我母亲——'去湖边，告诉约
瑟夫，他必须把那房子的地基迁到我给你指的那个荆棘
丛旁边。他要是想发达，房子就得建在那里。马上按我
说的去做！'我猜，这是由于房子正建在仙人路上，那是
仙人们出行时走的路。母亲就带约瑟夫去看了地方。约
瑟夫于是听从吩咐，迁了地基，但没严格建在指定地点。
结果是，搬到新家后，他妻子就在一场意外中丧了命。
当时，一匹马拉着耙子，在树丛和墙之间向右转，但是
地方不够转不开，撞到了约瑟夫的妻子。小个子女人再
来时又气又恼，对我们说：'他没照我说的做，他就等着
瞧吧。'"朋友问，小个子女人这次从哪里来，穿着是不
是跟上次一样。老妇人说："总是老样子，穿过原野跨过
小溪。夏天披条薄围巾，冬天披着斗篷。她来过好多好
多回，总是给我母亲有益的建议，警告她要想走运就别

做某事。我们家的孩子除我以外都没见过她。而我每次看到她从小溪那边过来都很高兴，会跑出去抓住她的手和斗篷，朝母亲喊：'小个子女人来了！'从来没有男人看到过她。我父亲总想见见她，对母亲和我大为不满，以为我是在撒谎和说瞎话。所以有一天，等她来了，坐在炉旁对母亲说话时，我就溜出去，跑到父亲正在翻土的田里。'快来，'我说，'你不是想看她嘛，这会儿她正坐在炉边对妈妈说话呢。'父亲就跟我回到家，气哼哼地四处看遍，什么都没看着。他抓起手边的扫帚揍了我一顿。'揍你！'他说，'让你拿老子寻开心！'他转身就走，气急败坏的。小个子女人随后对我说：'这是对你带人来看我的惩罚。从来没有男人看到过我，以后也不会有。'

"但是有一天，不管我父亲看没看到她，她都把父亲吓得够呛。事发时他正在放牛，回家时好像在浑身发抖。'别再提你那个小个子女人了，这次我真是受够她了。'还有一次，也是这样。父亲到戈廷去卖马。出发之前，小个子女人登门，拿出一种野草，对我母亲说：'你男人要去戈廷，回家路上他会大受惊吓。不过，把这个缝在他的外套里，他就不会受到伤害了。'母亲收下药草，但心里暗想：'这肯定没什么用。'就把它扔在了地

161

上。可是，看哪，一点不假！父亲从戈廷回来，受到了这辈子最严重的惊吓。具体情况我记不清了，总之他被吓破了胆。母亲自那件事之后，就开始害怕小个子女人，变得神经兮兮的。果然，小个子女人再来时很生气。'你不相信我，'她说，'还把我给的药草扔进火里，为找到它我可是走了好远的路啊。'还有一次，她来给我们讲了威廉·赫恩在美国死去的事。'去吧，'她说，'到湖边去，就说威廉死了，死得很安详。这是他最后所读的《圣经》章节。'说着，她拿出了有关的诗篇和章节。'去，'她说，'告诉他们在下次集会时诵读这些章节，并让他们知道，他死的时候我托着他的头。'果然，随后传来威廉在她所说的日子死去的消息。于是，人们按她的指令诵读了有关章节和赞美诗，他们举行了一场前所未有的祈祷会。一天，小个子女人正跟我还有我母亲一起站着说话，她在警告我母亲注意什么事情，接着突然说道：'莱蒂小姐来了，打扮得漂漂亮亮的。我该走了。'她说着双脚一转，就飞了起来。她转哪转哪，越升越高，就像在旋梯上爬升，只是比那要快多了。她继续越升越高，直到看上去就像云端下的鸟儿那么大，还一直唱啊唱啊，那是我这辈子听过的最好听的歌。她唱的不是圣歌，而是诗

歌，美妙的诗歌。我和母亲站在那里仰望着她，目瞪口
呆，浑身发抖。'她到底是什么人啊，妈妈？'我问，'她
是天使，还是仙女，还是别的什么？'正说着，莱蒂小姐
来了，就是你的外祖母，亲爱的，但那时她还是莱蒂小
姐，还不知道自己的未来会怎样呢。看到我们目瞪口呆
的样子，她惊奇不已，直到我跟我母亲把事情的原委讲
给了她。她衣着艳丽，样子很是可爱。当小个子女人一
边说着'莱蒂小姐来了，打扮得漂漂亮亮的'，一边奇异
地飞升时，莱蒂小姐正沿着小路上走来呢，我们是看不
见她的。谁知道小个子女人是去了什么遥远的国度，或
是去看望哪个临终的人了呢？

"我记得小个子女人从不在天黑后到来，她总是在白
天过来。不过有一次例外，那是在万圣节前夜，母亲在
炉旁做晚饭，她准备了一只鸭子还有些苹果。小个子女
人悄无声息地进来了。'我来跟你们一起过万圣节前夜'，
她说。'好啊，'母亲应着，又默默心想，'我可要给她准
备一顿好饭。'小个子女人在炉边坐了会儿。'现在，我
告诉你要把我的晚饭放到哪儿，'她说，'就送到那边的
屋子里，放在织机旁——屋里要摆上一把椅子，还有餐
盘。''既然来过节，怎么不上桌跟我们一起吃呢？''你

就照做好了，把给我的吃的放到那边屋里。我就在那里吃，哪儿也不去。'母亲只好又给她盛了一盘鸭肉、苹果等，送到她指定的屋子里，然后我们吃我们的，她吃她的。我们吃完后，我进屋去找她。嘿，晚餐盘子里的东西，每样只吃了一口，而她已经消失得无影无踪了！"

1897 年

无寓意的梦想

有一天，我那个听说过梅芙和榛树枝的朋友去救济院探访。她发现那里的老人们衣不保暖，处境堪怜，"就像冬天里的苍蝇"，她说。然而老人们聊起天来就忘记了寒冷。有个刚去世的男人曾在古寨里跟仙人们玩过纸牌，仙人的牌打得"很是公正"。有个老人一天晚上看到一头中了魔法的黑猪。朋友还听到两个老人在争论拉夫特里和卡拉南①谁是更出色的诗人。一个说是拉夫特里，"他

① 耶里米亚·约瑟夫·卡拉南（1795—1829），爱尔兰著名诗人。

是个了不起的人，歌谣传遍全世界。我清清楚楚地记得他。他的声音像风一样。"另一个则认定，"你会甘愿站在雪中听卡拉南朗诵诗歌的。"不一会儿，一个老人给我朋友讲起一个故事来，大家都兴致勃勃地听着，不时开怀大笑。下面我将照原样复述一番。它属于那些古老的传说，枝蔓横生，并无寓意。在生活仍保持着天然质朴的地方，这些故事能为贫苦的人们带来乐趣。它们讲述了一个时代，那时事情都没有必然的后果。即使你被杀了，只要你心地善良，就会有人用魔杖点你一下，使你起死回生。假如你是位王子，又碰巧长得跟你兄弟一模一样，说不定会和他的王妃过夜，事后也只不过会发生点小口角。我们也是，如果我们太过弱小和贫穷，以致事事都遭到厄运威胁，我们就会记得——只要愚蠢的人们不来打扰——每一个古老的梦想。这些梦想是如此强大，足以卸下尘世沉重的负担。

从前有个国王，因没有子嗣而大为烦恼。最后，他向宰相咨询。宰相说："陛下如果照我说的去做，就能轻易地解决此事。只需派出一个人，"他说，"到这么一个地方捕上一条鱼。鱼带回来之后，赐给王后——您的夫人，让她吃掉。"

于是，国王按宰相所说的派人去办。鱼捕到了，带回王宫。国王就把鱼交给厨娘，指令她用火烤，但得小心从事，不能让鱼出油或起皱。可是，烤鱼又不让鱼皮鼓起来，这是做不到的。果然鱼皮上凸起了一块，厨娘忙用手指将其抹平，接着把手指放进嘴里降温，这样她就尝到了鱼的味道。鱼随后呈送给王后。王后吃完了，把剩下的一些扔到了院子里。院子里有匹母马和一条灵猩，它们吃了扔掉的残渣。

一年没到，王后就生了个儿子，厨娘也生了个儿子，母马产下了两匹驹，灵猩产下了两只崽。

两个婴儿被一起送到某个地方抚养了几年，回来后却因为两人长得太过相像，没人认得出谁是王子，谁是厨娘之子。王后为此十分恼火，就去找宰相并对他说："告诉我一个办法，好让我认出哪个是王子，哪个是厨娘的孩子，我不想让厨娘的儿子跟我自己的儿子吃同样的食物。""要认出来很容易，"宰相说，"只要照我说的去做。您走出去，站到他们进来时要经过的门口。他们看到您的时候，您自己的儿子会向您鞠躬，而厨娘的儿子只会笑笑。"

王后照办了。当她的儿子向她鞠躬时，仆人们在他身上做了个记号，以便王后以后也能认得出来。随后，当大家都就座时，王后对厨娘的儿子杰克说："你该离开这里了，因为你不是我的儿子。"她自己的儿子比尔于是说："别把他赶走，难道我们不是兄弟吗？"然而杰克却说："要是知道这不是我亲生父母的家，我早就离开了。"尽管比尔百般相劝，杰克还是不肯留下。不过临走时，在御花园中的井边，杰克对比尔说："如果我有难，上面的井水将变成血，下面的将变成蜜。"

于是，杰克带着一条狗和一匹马上路了。这马是母马吃了鱼的残渣之后产下的，杰克身后的风追不上他，而杰克却能追得上前面的风。他马不停蹄，一直走到一个织工的家，请求借宿，织工同意了。第二天他接着走，一直走到一个国王的宫殿，就到门前询问："国王需要仆人吗？""我所需要的，"国王说，"只是一个小伙子，每天早上得把我的奶牛群赶到原野上去，晚上再把它们赶回来挤奶。""我愿意为您干这活。"杰克说。国王就雇用了他。

早上，杰克被派出去放二十四头奶牛。但被指定放牛的场地连一片给牛吃的草叶都没有，满地都是石头。杰克就在周围寻找草长得好些的地方。过了一会儿，他看到有丰美青草的一片地，但这片地归一个巨人所有。杰克推倒了一小段围墙，把奶牛赶进去，自己则随心所欲地爬上一棵苹果树，吃起果子来。很快，巨人就到地里来了。"哇呀呀,"巨人说,"我闻到爱尔兰人的血味了。我看到你在哪儿了,就在树上。"他又说,"一口吃你吧太大了,两口吃你呢又太小了。要是不把你磨成粉给我做鼻烟,我还真不知道怎么处置你。""你既然这么强大,就发发慈悲吧。"杰克在树上说。"从树上下来,你这个小矮人。"巨人说,"不然我就把你和树都撕成碎片。"于是杰克就下了树。"你们是愿意用烧红的刀子捅进彼此的心脏呢,"巨人问,"还是愿意在滚烫的石板上对打?""我在家时都是在滚烫的石板上对打。"杰克说,"你的脏脚将陷进去,而我的脚将升起来。"他们于是大打出手。坚硬的土地被他们踩软了,松软的土地被他们踩硬了,绿色的石板则被他们踩穿而形成泉眼。他们就这样大战了一天,谁都没占上风。最后,一只小鸟飞来,落在树丛上,对杰克说:"你要不在日落前结果他,他就会结果你。"杰克便竭尽全力,把巨人打得跪倒在地。"饶我一命,"巨人说,"我就给你三件最好的礼物。""是些什么?"杰克问。"一把无敌剑;一套隐身衣,穿上了你能看见别人,别人看不见你;一双千里鞋,穿上了风都追不上你。""在哪儿能找得到它们?"杰克问。"在山上你能看得见的那扇红门里。"杰克就去将东西取了出来。"我该在哪里试剑呢?"他问。"在那根难看的黑树桩上试试吧。"巨人说。"我看没有比你的脑袋更黑更难看的了。"杰克说着一剑砍下了巨人的头;巨人的头被抛到空中,没等落地杰克又把它劈成了两半。"我没跟身体重新接上算是便宜你了。"头说,"不然的话,你就再也别想把我砍下来了。""我才不会给你那个机会呢。"杰克说。随后,他带走了那件非凡的隐身衣。

晚上,杰克把奶牛赶回了家。人人都惊奇那天晚上奶牛怎么产了那么多奶。国王和公主,也就是他的女儿,以及其他人共进晚餐时,说:"我觉得今晚只听到远处传来两声吼叫,而不是三声。"

第二天早上,杰克再次赶着奶牛出去,看到另一片茂盛的草地。他推倒围墙,把奶牛放进去。接下来发生的事跟前一天相同,只是这次来的巨人有两个头。杰克和他打成一团,小鸟又来跟杰克说了先前的话。杰克把巨人打倒在地后,巨人说:"饶我一命,我就把我最好的东西给你。""是什么?"杰克问。"一套隐身衣,穿上它,你就能看见别人,而别人却看不见你。""它在哪里?"杰克问。"在山坡上的那扇小红门里。"杰克便去拿出了衣服。接着他砍掉了巨人的两个头,没等落地又把它们劈成四块。它们说便宜他了，因为他没给它们时间接回到身体上。

那天晚上，奶牛回家后产了好多奶，把所有能找得到的坛坛罐罐都装满了。

第三天早上，杰克又出去了。接下来发生的事一如既往，只是这次的巨人有四个头，杰克把它们劈成八块。在此之前，巨人让他到山坡上的一扇小蓝门去，在门里他找到一双鞋，穿上就能跑得比风还快。

那天晚上奶牛产了太多的奶，盛奶的罐子都不够用了，于是把一些牛奶送给佃户和路过的穷人，剩下的泼到窗外去了。我那天刚好路过，还喝了些牛奶呢。

当天晚上，国王问杰克："这几天奶牛怎么产这么多奶？你带它们去别的草地了吗？""我没有。"杰克说，"不过我有根结实的棍子。不管什么时候，只要奶牛不走或躺下，我就用棍子打它们，打得它们连蹦带跳，越过围墙、石头和水沟，这样奶牛就能产下很多奶。"

那天晚上进餐时，国王说："我连一声吼叫都没听到。"

第四天早上，杰克到原野上去时，国王和公主在窗边观察着他的一举一动。杰克知道他们在那里，于是就拿了根棍子，抽打起奶牛来。奶牛连蹦带跳，越过石头、围墙和水沟。"杰克的话一点不假。"国王说道。

话说那时有条巨蛇，每七年出来一次，每次都得吞噬一位公主，除非公主能找到某个壮士为她而战。这次轮到杰克这里的公主得交给巨蛇了。七年来，国王一直秘密养着一个打手，觉得此人理当诸事齐备战退巨蛇了。

时间一到，公主登程，打手陪她走到海边。到了地方，打手所做的不过是把公主捆在树上，好让巨蛇能轻而易举地吞掉她，打手自己却走开了，躲到一株常春藤的后面。杰克对事态一清二楚，因为公主对他说过这件事，还问他愿不愿帮忙，他拒绝了。然而此时杰克还是来了，穿上了他从第一个巨人那里得到的隐身衣。他来到公主身边，公主认不出他。"一位公主被绑在树上，这事对劲吗？"杰克问。"确实不对劲。"她说。她就跟他讲发生了什么事，以及巨蛇会怎么来吃掉自己。"你让我把头靠在你腿上睡会儿，"杰克说，"要是巨蛇来了你就叫醒我。"他这么做了，于是公主看见巨蛇就把他叫醒了。杰克跳起来跟巨蛇搏斗，终于把它赶回了大海。随后，他割断绑着公主的绳索，就自己走了。这时打手从常春藤后走过来，把公主带回到国王那里，说道："我今天找了个朋友来跟巨蛇搏斗。我被隐蔽地关了这么久，现在还有点不适应。不过明天我会亲自上阵。"

第二天他们又去了，发生了同样的事情。打手把公主捆在巨蛇能轻易吃到的地方，自己躲开藏到常春藤后。这时杰克穿上从第二个巨人那里得到的隐身衣走了出来。公主认不出他，但告诉了他前一天发生的一切，一位素不相识的年轻绅士怎么救下了她。杰克就问能不能把头靠在她的腿上睡一觉，这样她就能及时叫醒他。接下来发生的一切都跟前一天相同。打手把公主带到国王那里，说他找了另一个朋友为公主而战。

第三天，公主跟先前一样被带到了海边，很多人都聚集过来，想看看要把国王的女儿带走的巨蛇。杰克穿上了隐身衣，公主没有认出他，他们跟先前一样交谈。不过这次杰克睡觉时，公主为了确保以后能认出他，就拿出剪子，剪下他的一缕头发，包了一小包收了起来。她还做了另一件事，就是脱下杰克脚上的一只鞋。

公主看到巨蛇来了，便叫醒杰克。杰克说："这次我得让巨蛇再也没法吃国王的女儿。"他拿出从巨人那里得到的剑，刺进了巨蛇的脖子后边，血和水喷涌而出，朝陆地流了五十英里，就这样，杰克杀死了巨蛇。之后，杰克便离开了，没人看到他去了哪里。打手把公主带给国王，声称是自己救下了她。于是他得到重用，从此成了国王的重臣。

不过,当婚宴准备就绪之时,公主拿出了自己收起来的那绺头发,说谁的头发跟这绺头发相符她就嫁给谁,此外谁都不嫁。她还拿出那只鞋,说不管谁,穿不了这鞋的她也不嫁。打手试穿那只鞋,结果连脚指头都塞不进去。至于他的头发呢,与公主从救命恩人头上剪下来的那绺完全不符。

于是,国王举行了一场盛大的舞会,召集全国所有的达官贵人前来试鞋,看看有没有穿得上的。这些人一窝蜂地去找木匠削脚,想要穿上那只鞋。可是没有用,他们当中没有一个人穿得上。

国王去找宰相问怎么办。宰相叮嘱他再举行一场舞会,而这次,"邀请穷人跟富人一起参加"。

舞会再度举行,人们蜂拥而至,但那只鞋还是谁穿都不合适。宰相便说:"王宫里所有的人都来了吗?""都来了,"国王说,"除了放牛的小伙子。我可不想让他出现在这里。"

杰克此刻正在院子里,听到了国王的话怒不可遏,于是取了剑来,跑上台阶,想要取国王的首级。可他还没接近国王,就在楼梯上碰到了守门人,劝说他平静下来。当杰克走上最后一级台阶的时候，公主看到了他，大叫一声，扑进了他的怀抱。他们让杰克试鞋，正好合脚；头发也跟公主剪下来的那绺相符。两人于是结了婚，盛大的婚宴举行了三天三夜。

婚宴结束后，一天早上，窗外来了一只鹿，身上系着铃铛，叮当作响。它叫道："猎物在此，猎人和猎犬何在？"杰克听到这话，当即起身，带上马和狗出猎去了。鹿跑进山谷时他还在山顶，鹿跑上山顶时他还在山谷，这么追了整整一天。黄昏时分，鹿跑进一片树林。杰克紧追不舍，闯进树林，见到的只是一间土墙小屋。他就进了屋，见到一个老妇人，大约有两百岁，正坐在炉边。"你看到一只鹿经过这里没有？"杰克问。"没有。"她说，"不过，你要追鹿的话，现在天也太黑了。你就在这里过夜吧。""我的马和狗怎么办？"杰克问。"给你两根头发，"她说，"用它们把马和狗拴上好了。"杰克走出去，把马和狗拴上了。他再回到屋里时，老妇人说："你杀了我的三个儿子，我现在要杀了你。"她戴上一副拳击手套，每只有九英石 [①] 重，手套上的钉子有十五英寸长。他们打

---

　　① 英石，英制重量单位。1 英石等于 14 磅。9 英石，约合 57 公斤。

斗了起来，杰克逐渐落了下风。"狗啊，快来救我！"杰克呼喊道。"头发，勒紧了。"老妇人也大喊道。于是，系在狗脖子上的头发就把狗勒死了。"马啊，快来救我！"杰克呼喊道。"头发，勒紧了。"妇人也大喊，系在马脖子上的头发越勒越紧，把马也勒死了。老妇人最终杀死了杰克，把他扔出门外。

现在我们回过头说说比尔。这天他走进御花园，看了看井，竟看到上面的井水全是血，下面的是蜜。他就转身回宫，对母亲说："在弄清楚杰克出了什么事之前，我决不会再在原来的餐桌上吃饭，也不会再在原来的那张床上睡觉。"

比尔便带着另一匹马和另一条狗出发了，翻过一道道山，那里公鸡从不啼叫，号角从未鸣响，魔鬼也从不吹喇叭。他终于到达了织工的家。他一进门，织工便说："欢迎啊，我要比上次更好地款待你。"她以为是杰克又来了，因为他们长得实在太像了。"真好，"比尔心想，"看来我兄弟来过这里。"第二天早上离开前，他送给织工满满一盆金子。

他继续前进，直至抵达国王的宫殿。刚到门口，公主就从台阶上跑下来，对他说："真高兴你回来了。"人们则纷纷说:"想不到你结婚三天就出去打猎了,还走了那么远。"这天夜里他与公主同宿,而公主一直以为他是自己的丈夫。

第二天早上,鹿又来了,身上的铃铛叮当作响。它在窗下叫道:"猎物在此,猎人和猎犬何在?"比尔当即起身,带上马和狗,跟着鹿翻过一座座山,越过一道道谷,最后到了树林,发现那里只有一间土墙小屋和坐在炉边的老妇人。老妇人要他留下过夜,并给他两根头发,好拴上马和狗。不过比尔比杰克聪明,出门前就暗地把头发扔进了火炉。回到屋里,老妇人说:"你兄弟杀了我三个儿子,我杀了他,现在要把你一起杀掉。"她戴上手套,两人打斗了起来。这时比尔呼喊道:"马啊,快来救我。"老妇人也大喊:"头发,勒紧了。"头发说:"勒紧不了,我在火里呢。"于是马闯了进来,给了老妇人一蹄子。比尔又呼喊道:"狗啊,快来救我!"老妇人也大喊:"头发,勒紧了。"第二根头发回答:"勒紧不了,我在火里呢。"于是狗冲进来咬住了老妇人,比尔将她打倒在地。老妇人大声求饶。"留我一条命,"她说,"我会告诉你在哪儿能找到你兄弟,还有他的马和狗。""在哪儿?"比尔问她。"看到火炉上边的那根棍子没有?"老妇人说,"把它拿下来，到门外去，你会看到三块绿石头，那就是你兄弟和他的马与狗。用棍子敲，他们就会活过来。""我会照做的，不过我要先把你变成绿石头。"比尔说着挥剑砍下了老妇人的头。

然后，他到门外去敲那三块石头，果然，杰克、他的马和狗现了身，都活得好好的。他们又敲起周围其他的石头来，出现了好多人，他们都是先前被变成石头的，数以千百计。

于是，兄弟俩起程回家。不过，在路上，两人闹别扭吵了起来，因为杰克听说比尔跟他的妻子共寝，很不高兴。比尔也发起火来，用棍子敲了杰克一下，把他变成了绿石头。比尔回了家，公主看出他有心事。比尔便说道："我杀了我的兄弟。"随后，他立刻赶回去，把兄弟变回了人。公主跟杰克从此过上了幸福的生活。孩子生得成了筐，得一铲子一铲子地扔出去。我本人有一次路过，他们还请我进去喝茶来着。

1902 年

在路边

昨天晚上，我到基尔塔坦路边的一片宽敞的空地上去听爱尔兰民歌。等待歌手的时候，有个老人唱起歌来，那是一首关于一位去世多年的乡村美人的歌。他还提到一个他认识的歌手，说这歌手唱得如此动听，连路过的马都不会置若罔闻，而必定会转过头来，竖起耳朵倾听。不一会儿，来了二十个裹着头巾的大人和孩子，聚集到树下聆听。有人唱了《我忠诚的心上人》，又有人唱了《吉米，我的宝贝》，是关于生离死别、浪迹天涯的哀伤的歌。然后其中的几个男人站起来，跳起舞，另一个人给他们打着拍子。接着，有人唱起《埃布林，我的爱人》，这首快乐的相聚之歌总是比别的歌更能打动我，因为创作者当时正在恋爱，他是在山脚下为恋人唱起的这首歌，而我童年时天天都眺望着那座山。歌声融入黄昏，消散于林间，而在我回想歌词时，它们已经消逝，与一代代人融为一体。它时而为只言片语，时而是一种态度，一种情绪，让我想起了更古老的歌谣，乃至已被遗忘的神话。我被带至如此遥远的地方，似乎到达四条河[①]中的一条。在天堂的围墙边，我跟着它，抵达知识之树和生命之树的根柢。在村舍间流传下来的歌谣或故事中，每一首每一则都包含将人的思绪带向远方的词句与思想。尽管人们对它们的源流所知甚少，但却清楚它们就像中世纪的谱牒，将绵延不断的高贵血统追溯至人世之初。民间艺术，的的确确是最古老的思想贵族。因为，作品凡属短命和琐屑者、徒具聪明美丽者，更不必说粗鄙与虚伪者，均被其拒之门外；也因为，它将世世代代最质朴最深刻的思想集于一身，它是一切伟大艺术植根的土壤。无论何处，不管是炉边的谈话，路旁的歌咏，还是

---

① 参见《圣经·创世纪》：有河从伊甸流出来，滋润那园子，从那里分为四道。

过梁上的雕刻，经过独立思想的整合与规划，时机一旦成熟，人们对艺术的欣赏便迅速传播开来。

在一个抛弃了想象这一传统的社会里，只有少数人——数百万人中有三四千人——得益于个人性格和良好环境，只有在备尝艰辛之后，方能领略想象之物，而"想象力即人本身"。中世纪的教堂将所有的艺术拿来为己所用，因为人们懂得，想象力枯竭之后，能够唤起明智的希望和持久的信仰，以及理解仁爱的主要的——有人会说是唯一的——声音，即便不归于沉寂，也只能变得言不成句。所以我总是觉得，我们，通过使古老的歌谣复活，或辑古老的故事成书，以重新唤醒想象传统的人们，置身于加利利的争执之中。争执的另一方是那些身为爱尔兰人而要传播外来方式（对大多数人而言，它们是精神贫乏的）的人。他们扮演的是犹太人的角色，还高喊着："你若释放这个人就不是恺撒的忠臣。"①

1901 年

---

① 参见《圣经·约翰福音》：从此彼拉多想要释放耶稣。无奈犹太人喊着说："你若释放这个人，就不是恺撒的忠臣。"

走进黄昏

疲惫的心，在疲惫之际，

对是非的罗网断然远离。

再度欢笑吧，心啊，在幽暗的黄昏中；

再度叹息吧，心啊，在清晨的露水里。

你的母亲爱尔兰永处韶华之年，

露水总是闪光，而黄昏总是幽暗，

尽管你希望破灭或爱情凋零，

焚毁于流言蜚语的刻毒火焰。

来吧，心啊，这里山与山相连，

因为谷底的树与山上的树

及变化着的月亮亲如手足，

以神秘的情谊实现共同的意愿。

上帝兀立吹响孤独的号角，

时间与世界永远运行不居，

爱情比不上幽暗的黄昏亲切，

希望比不上清晨的露水珍奇。